Nacido en Salinas, California, en 1902, JOHN STEINBECK creció en un fértil valle agrícola a unas veinticinco millas de la Costa del Pacífico, y tanto el valle como la costa sirvieron de como escenarios para lo mejor de su obra de ficción. En 1919 asistió a la Universidad de Stanford, donde de manera intermitente se inscribió en cursos de literatura y escritura, hasta que finalmente los abandonó en 1925 sin llegar a graduarse. Durante los siguientes cinco años se ganó la vida como empleado y periodista en la ciudad de Nueva York y más tarde como vigilante en una propiedad de Lake Tahoe, todo el tiempo trabajando en su primera novela, *La taza de oro* (1929). Luego de casarse y mudarse a Pacific Grove, publicó en California dos obras de ficción, *Las praderas del cielo* (1932) y *A un dios desconocido* (1933), al tiempo que trabajaba en los cuentos que más adelante se reunieron en *The Long Valley* (1938). La popularidad y la seguridad económica llegaron con *Tortilla Flat* (1935), historias sobre paisanos de Monterrey. Experimentador incesante a lo largo de su carrera, Steinbeck no dejó de cambiar de rumbo. A finales de la década de 1930 publicó tres poderosas novelas centradas en la clase obrera de California: *En lucha incierta* (1936), *De ratones y hombres* (1937) y la que es considerada por muchos su mejor obra, *Las uvas de la ira* (1939). A principios de la década de 1940 se volvió realizador de cine con *El pueblo olvidado* (1941) y un serio estudioso de la biología marina con *Mar de Cortés*. Escribió crónica de guerra, *Bombas fuera* (1942) y el polémico drama-nouvelle *La luna se ha puesto* (1942). *Los arrabales de Cannery* (1945), *El autobús perdido* (1947), *La perla* (1947), *Diario de Rusia* (1948), otro drama experimental, *Burning Bright* (1950) y *Por el Mar de Cortés* (1951) precedieron la publicación de su monumental *Al este del Edén* (1952), una ambiciosa saga sobre Salinas Valley y la historia de su propia familia. Las últimas décadas de su vida transcurrieron en la ciudad de Nueva York y en Sag Harbor con su tercera esposa, con quien viajó a muchos lugares. Sus últimos libros incluyen *Dulce jueves* (1954), *El breve reinado de Pipino IV* (1957), *Hubo una vez una guerra* (1958), *The Winter of Our Discontent* (1961), *Viajes con Charley* (1962), *America and Americans* (1966) y el póstumo *Diario de una novela: las cartas de Al este del Edén* (1969); así como *¡Viva Zapata!* (1975), *Los hechos del Rey Arturo y sus nobles caballeros* (1976) y *Working Days: The Journals of* The Grapes of Wrath (1989). Murió en 1968, habiendo ganado el Premio Nobel de Literatura en 1962.

JOHN STEINBECK

La perla

Traducción de
GABRIEL BERNAL GRANADOS

PENGUIN BOOKS

PENGUIN BOOKS

Una marca de Penguin Random House LLC
penguinrandomhouse.com

Publicado por primera vez en los Estados Unidos de América en
Woman's Home Companion como "La Perla del Mundo" 1945
Publicado por primera vez por The Viking Press 1947
Publicado por primera vez en un volumen con *The Red Pony*
en Penguin Books 1976
Esta edición en lengua española publicada en 2019

LIBRARY OF CONGRESS CATALOGING-IN-PUBLICATION DATA

Names: Steinbeck, John, 1902-1968, author. | Bernal Granados,
Gabriel, 1973- translator.
Title: La perla / John Steinbeck ; traducción de Gabriel Bernal Granados.
Other titles: Pearl. Spanish
Description: New York, New York : Penguin Books, 2019.
Identifiers: LCCN 2018034092 (print) | LCCN 2018057218 (ebook) |
ISBN 9780525504368 (ebook) | ISBN 9780143121381 (pbk.)
Subjects: | GSAFD: Parables.
Classification: LCC PS3537.T3234 (ebook) |
LCC PS3537.T3234 P418 2019 (print) | DDC 813/.54--dc23
LC record available at https://lccn.loc.gov/2018034092

Impreso en los Estados Unidos de América
1   3   5   7   9   10   8   6   4   2

Compuesto en Sabon LT Std

La perla

"En el pueblo cuentan la historia de la gran perla —cómo se encontró y cómo se perdió de nuevo—. Hablan de Kino, el pescador, y de su esposa, Juana, y de su bebé, Coyotito. Y como la historia se ha contado tantas veces, ésta se ha enraizado en la mente de todos los hombres. Y, como sucede con los relatos que están en el corazón de la gente, sólo hay en él cosas buenas y malas y cosas blancas y negras y malévolas y ningún término medio.

"Si esta historia es una parábola, tal vez cada quien haga su propia lectura y vea en ella el reflejo de su propia historia. En todo caso, en el pueblo dicen que..."

1

Kino se levantó antes del amanecer. Las estrellas aún brillaban y el día había dibujado apenas un pálido bosquejo de luz en la parte baja del cielo, en dirección al este. Los gallos habían estado cantando desde hacía rato, y los primeros cerdos ya habían comenzado su incesante voltear de ramitas y aserrín para ver si había algo de comer que hubiese pasado inadvertido. Afuera de la choza, en el montón de atún, una bandada de pajaritos gorjeaba y agitaba sus alas.

Los ojos de Kino se abrieron, y lo primero que vio fue el rectángulo de luz que era la puerta y luego vio la caja colgante donde Coyotito dormía. Y por último se volvió hacia Juana, su esposa, que estaba recostada a su lado en el petate, su chal de color azul sobre su nariz y sus pechos y alrededor de la parte baja de su espalda. Los ojos de Juana también se abrieron. Kino no podía recordar haberlos visto cerrados cuando despertaba. Sus ojos oscuros eran la imagen reflejada de pequeñas estrellas. Ella lo estaba mirando como siempre lo hacía cuando despertaba.

Kino escuchó el pequeño tumbo de las olas de la mañana en la playa. Eso era bueno: Kino cerró los ojos de nueva cuenta para escuchar la música. Tal vez fuese sólo su costumbre o tal vez la de todo su pueblo. Su pueblo había sido un gran hacedor de canciones, de modo que todo lo que él veía o pensaba o hacía o escuchaba se convertía en una canción. Eso fue hace mucho.

Las canciones quedaban; Kino las conocía, pero ninguna nueva canción se añadió al repertorio tradicional. Eso no quería decir que no hubiera canciones personales. En la cabeza de Kino había una canción ahora, clara y suave, y si él hubiera podido hablar de ella, la hubiera llamado la Canción de la Familia.

Su manta estaba sobre su nariz para protegerlo del aire húmedo. Sus ojos reaccionaron de pronto a un crujido que escuchó a su lado. Era Juana que se levantaba, casi sin hacer ruido. Ya de pie sobre sus pies descalzos fue a la caja colgante donde Coyotito dormía, y se inclinó sobre él y susurró una palabra de cariño. Coyotito abrió los ojos por un momento y los cerró para seguir durmiendo.

Juana fue al hogar donde se encendía el fuego, destapó un carbón y lo abanicó hasta encenderlo, al mismo tiempo que trozaba unas ramitas encima de él.

Entonces Kino se levantó y enrolló su manta alrededor de su cabeza, nariz y hombros. Se calzó sus sandalias y salió para mirar el amanecer.

Se acuclilló fuera del marco de la puerta y juntó los extremos de su manta alrededor de sus rodillas. Vio los puntitos de las nubes del Golfo reverberar alto en el aire. Y una cabra se acercó y lo olfateó y lo vio con unos ojos de un amarillo frío. Detrás suyo el fuego de Juana se tornaba en llamas y arrojaba lanzas de luz entre las junturas de las paredes de la choza, y proyectaba un parpadeante cuadro de luz afuera de la puerta. Una palomilla nocturna revoloteaba en busca del fuego. La Canción de la Familia vino entonces desde atrás de Kino. Y el ritmo de la canción de la familia era la piedra donde Juana molía el maíz para las tortillas de la mañana.

El alba irrumpió entonces, una oleada, un resplandor, una luminosidad y después una explosión de fuego tan grande como el sol se elevó del Golfo. Kino bajó la vista para proteger sus ojos del resplandor. Podía escuchar la crepitación de las tortillas en la casa y su delicioso aroma en el comal. Las hormigas estaban ocupadas en el suelo, grandes hormigas negras con cuerpos brillantes y hormigas pequeñas y veloces. Kino contemplaba con el desdén de una deidad, cuando una hormiga pequeña trataba desesperadamente de escapar de una trampa de arena que una hormiga león había cavado para atraparla. Un perro famélico y tímido se acercó y, a una palabra cariñosa de Kino, se enroscó, puso la cola entre sus patas y acomodó su barbilla delicadamente sobre el montón de atún. Era un perro negro con puntos de un amarillo dorado donde tendrían que haber estado las cejas. Era una mañana como cualquier otra y sin embargo era una mañana perfecta.

Kino escuchó el crujido de la cuerda cuando Juana sacó a Coyotito de su caja colgante y lo limpió y lo arropó en su chal, con un nudo que lo acercó a su pecho. Kino podía ver estas cosas sin mirarlas. Juana cantó con suavidad una vieja canción que sólo tenía tres notas y no obstante una gran variedad de intervalos. Y esto también era parte de la canción de la familia. Todo era parte. A veces se elevaba hasta alcanzar un acorde doliente que crispaba la garganta, al tiempo que decía esto es seguro, esto es cálido, esto es el *Todo*.

Más allá de la cerca de arbustos había otras chozas, y el humo provenía también de ellas, y el sonido del desayuno, pero esas eran otras canciones, sus cerdos eran otros cerdos, sus esposas no eran Juana. Kino era joven y fuerte y su cabello negro le colgaba sobre su frente morena. Sus ojos eran cálidos, feroces y brillantes y su bigote eran ralo y tosco. Retiró la manta de su nariz, porque el aire oscuro y tóxico se había disipado, y la luz amarilla del sol caía sobre la casa. A un lado de la cerca de arbustos dos gallos tenían la cabeza gacha y se amenazaban uno a otro con las alas enarcadas y las plumas del cuello encrespadas. Hubiera sido una pelea extraña. No eran pollos de caza. Kino los vio por un momento, y sus ojos se fijaron en una parvada de palomas salvajes que revoloteaban tierra adentro en dirección a las colinas. El mundo ya estaba despierto, y Kino se levantó y regresó a su choza.

Al verlo franquear la puerta, Juana se levantó del fogón resplandeciente. Puso de nuevo a Coyotito en su caja colgante, después se cepilló su cabello negro y se hizo dos trenzas, cuyas puntas sujetó con un listoncito verde. Kino se acuclilló cerca del fogón, enrolló una tortilla caliente, la mojó en un poco de salsa y se la comió. Bebió un poco de pulque y en eso consistió su desayuno. Ese era el único desayuno que había conocido siempre de no ser por los días de fiesta, y de una fiesta increíble con galletas que por poco lo matan. Cuando Kino terminó, Juana regresó al fuego y tomó su desayuno. Habían hablado entre ellos alguna vez, pero no hay necesidad de hablar si de todas formas hablar no es más que algo convenido. Kino suspiró satisfecho —y eso era conversación suficiente—.

El sol estaba calentando la choza, penetrando entre sus junturas y proyectando largas líneas. Y una de estas líneas cayó en la caja donde Coyotito dormía, y en las cuerdas que la sostenían.

Fue un movimiento apenas perceptible lo que llevó su vista a la caja colgante. Kino y Juana se congelaron en sus posiciones. Un alacrán descendía lentamente por la cuerda que sostenía la caja del bebé de una argolla en el techo. El aguijón de la cola del arácnido se encontraba justo detrás, pero podía chicotearlo como un látigo en un abrir y cerrar de ojos.

La respiración de Kino silbaba por las aletas de su nariz y abrió la boca para detenerla. Y en ese instante, la mirada atónita y la rigidez de su cuerpo lo abandonaron. A su mente había acudido una nueva canción, la Canción del mal, la música del enemigo, la música de cualquier calamidad que se cerniera sobre la familia, una melodía salvaje, secreta, peligrosa, y debajo, la Canción de la Familia plañía amargamente.

El alacrán bajó delicadamente por la cuerda hacia la caja. Entre murmullos, Juana repitió un hechizo antiguo para conjurar el mal, y en seguida susurró un Ave María entre sus dientes apretados. Pero Kino estaba en movimiento. Su cuerpo se desplazaba a través de la habitación, sin ruido y con suavidad. Sus manos estaban frente a él, las palmas hacia abajo, y sus ojos estaban fijos en el alacrán. Bajo su amenaza, en su caja colgante, Coyotito reía y estiraba su mano para agarrarlo. El alacrán sintió el peligro cuando Kino estaba a punto de alcanzarlo. El arácnido se detuvo y su cola se irguió sobre su lomo en pequeños espasmos, y el aguijón curvo en el extremo de su cola brilló.

Kino se quedó quieto. Pudo escuchar a Juana susurrar el viejo conjuro una vez más, y pudo escuchar la música maligna del enemigo. No pudo moverse hasta que el alacrán se movió, y tanteó el origen del mal que se estaba aproximando en esa forma. La mano de Kino fue hacia delante muy lentamente, muy suavemente. El aguijón de la cola se tensó en lo alto. Y en ese momento la risa de Coyotito agitó la cuerda y el escorpión cayó.

La mano de Kino reaccionó para atraparlo, pero el alacrán resbaló entre sus dedos, cayó en el hombro del bebé, aterrizó y encajó su punzón. Entonces, con los dientes chirriantes, Kino lo sujetó con sus dedos, estrujándolo con ambas manos. Lo tiró y lo golpeó en el suelo de tierra con su puño, y Coyotito gritó de dolor en su caja. Pero Kino golpeó y pisoteó al enemigo hasta que este fue apenas un fragmento y una mancha de humedad en la mugre. Sus dientes estaban pelados y la furia refulgía en sus ojos y la Canción del enemigo aullaba en sus oídos.

Pero Juana tenía al bebé en sus brazos. Descubrió la picadura, que era de un color rojizo y ya había comenzado a expandirse. Puso sus labios sobre la punzada, succionó fuerte y escupió y succionó de nuevo al tiempo que Coyotito gritaba.

Kino daba vueltas alrededor; estaba indefenso, no sabía qué hacer.

Los gritos del bebé atrajeron a los vecinos. Estos salieron de sus chozas en racimos —el hermano de Kino, Juan Tomás, y su gorda esposa Apolonia y sus cuatro hijos se agolparon en la puerta y bloquearon la entrada, mientras que detrás de ellos otros trataron de ver lo que estaba pasando dentro, y un niño pequeño pasó la voz a los que se encontraban detrás—: "Alacrán. Picó al niño".

Juana dejó de succionar la picadura por un momento. El hoyito estaba ligeramente agrandado y sus bordes estaban blancos por la succión, pero la hinchazón rojiza se había extendido hasta formar un abultamiento linfático. Y toda esta gente sabía ya del alacrán. Un adulto podría ponerse muy enfermo a causa de una picadura, pero un bebé podía morir fácilmente por el veneno. Primero —ellos lo sabían— vendría una hinchazón y la fiebre y un endurecimiento de la garganta, y luego calambres en el estómago, y entonces Coyotito podría morir si hubiera quedado suficiente veneno en su cuerpo. Pero el apremiante dolor de la picadura había desaparecido. Los gritos de Coyotito se habían convertido en quejidos.

Ya muchas veces, a Kino le había maravillado el hierro del que estaba forjada su paciente y frágil mujer. Ella, que era sumisa y respetuosa, alegre y paciente, ella podía doblarse con dolor de parto sin proferir apenas un quejido. Podía soportar la fatiga y el hambre casi mejor que el propio Kino. En la canoa era como un hombre fuerte. Y ahora hizo una cosa que sorprendió a todos.

—El doctor —dijo—. Vayan por él.

La palabra circuló entre los vecinos que estaban muy juntos en el patiecito detrás de la cerca de arbustos. Y se decían entre sí: "Juana quiere al doctor". Una cosa maravillosa, memorable, querer al doctor. Traerlo sería algo fuera de lo común. El doctor nunca venía al vecindario de las chozas. No tendría para qué, cuando tenía suficiente con atender a la gente rica que vivía en las casas de piedra y yeso del pueblo.

—No vendrá —dijeron los que estaban en el patio.

—No vendrá —dijeron los que estaban en la puerta, y Kino se convenció de ello.

—El doctor no vendrá —Kino le dijo a Juana.

Ella lo vio, sus ojos tan fríos como los ojos de una leona. Este era el primer bebé de Juana —era casi todo lo que Juana tenía en el mundo—. Y Kino vio su determinación y la música de la familia sonó en su cabeza con un tono de acero.

—Entonces iremos a donde está él —dijo Juana y con una mano se arregló el chal azul oscuro sobre la cabeza e hizo con un extremo un cabestrillo para sostener al bebé herido e hizo con el otro una sombra para sus ojos para protegerlo de la luz. La gente que estaba en la puerta empujó a los que estaban detrás para abrirle paso. Kino la siguió. Salieron por la puerta hacia el sendero y los vecinos los siguieron.

Lo acontecido se volvió un asunto comunitario. Los vecinos conformaron una rápida procesión hacia el centro del pueblo, primero Juana y Kino, y detrás de ellos Juan Tomás y Apolonia, su gran estómago bamboleándose a un paso extenuante para ella, luego los demás vecinos con los niños trotando a los costados. Y el sol amarillo proyectaba sus sombras negras delante de ellos, de modo que caminaban en sus propias sombras.

Llegaron al punto en que las chozas terminaban y la ciudad de piedra y yeso comenzaba, la ciudad de bardas poco amigables y bonitos jardines interiores, donde el agua retozaba y las buganvilias cubrían las paredes de púrpura, rojo y verde. De los jardines bardeados oyeron venir el canto de los pájaros en sus jaulas, y el golpe del agua fresca en las baldosas calientes. La procesión

cruzó la plaza desierta y pasó enfrente de la iglesia. El
contingente había crecido y en las inmediaciones los apu-
rados nuevos integrantes eran informados con amabili-
dad de cómo el bebé había sido picado por un alacrán y
de cómo sus padres lo llevaban con el médico.

Y los nuevos integrantes, en particular los pedigüe-
ños que estaban apostados en la fachada de la iglesia,
esos grandes expertos en análisis financiero, echaron un
rápido vistazo a la vieja falda azul de Juana, vieron las
lágrimas en su chal, valoraron el listón verde de sus
trenzas, leyeron la edad de la manta de Kino y los cientos de lavadas de sus ropas y los catalogaron como gente
pobre; y se unieron a la procesión para ser testigos del
drama que estaba a punto de llevarse a cabo. Los cuatro
mendigos de la fachada de la iglesia sabían todo lo que
ocurría en el pueblo. Eran estudiosos de las expresiones
de las mujeres jóvenes cuando iban a confesarse, las
veían al salir y leían la naturaleza de sus pecados. Estaban enterados del más pequeño escándalo y de los crí-
menes más grandes. Dormían en sus puestos a la sombra
de la iglesia, por lo que no había alma que se deslizara
dentro en busca de consuelo sin que ellos lo supieran.
Y ellos sabían cómo era el doctor. Sabían de su ignorancia, su crueldad, su avaricia, sus apetitos, sus pecados. Sabían de sus burdos abortos y los insignificantes
centavos de cobre que daba de vez en cuando a los
necesitados. Habían visto los cadáveres entrar en la
iglesia. Y, como la misa había terminado y los nego-
cios iban lentos, se unieron a la procesión, estos incan-
sables buscadores del conocimiento perfecto de sus
prójimos, para ver lo que el médico gordo y haragán
haría respecto del bebé indígena con una picadura de
escorpión.

La agitada procesión llegó por fin al portón del muro
que daba acceso a la casa del médico. A través del muro,
podían escuchar la caída del agua y el canto de los pájaros

enjaulados y el barrer de las largas escobas en las baldosas. Y podían oler el delicioso tocino que estaba friéndose en la casa del doctor.

Kino dudó un momento. Este médico no era de los suyos. Este médico pertenecía a una raza que por cerca de cuatrocientos años había golpeado y matado de hambre y robado y despreciado a la raza de Kino, y la había atemorizado también, de modo que los indígenas llegaron con humildad a la puerta. Y como siempre cuando se acercaba a alguien de esta raza, Kino se sintió débil y temeroso, y al mismo tiempo enojado. La rabia y el miedo iban de la mano. Podría matar al doctor más fácilmente de lo que podría hablar con él, porque todos los de la raza del doctor les hablaban a los de la raza de Kino como si no fueran más que animales. Y conforme Kino levantaba su mano derecha hacia la aldaba de hierro de la puerta, la rabia se apoderaba de él, y la música batiente del enemigo resonaba en sus oídos, y sus labios se apretaron fuerte entre sus dientes —pero con su mano izquierda alcanzó su sombrero para quitárselo—. El aldabón de hierro resonó contra la puerta. Kino se quitó el sombrero y esperó de pie. Coyotito se quejaba muy quedo en los brazos de Juana, y ella le hablaba con cariño. La procesión se acercó lo más que pudo para ver y escuchar mejor.

Después de unos momentos el portón se abrió unos cuantos centímetros. Kino pudo ver el verdor fresco del jardín y los chorritos de la fuente a través de la abertura. El hombre que salió a abrirle la puerta era uno de su propia raza. Kino le habló en la lengua de antaño.

—El pequeño (el primogénito) fue picado por un alacrán —dijo Kino—. Requiere la atención del sanador.

La puerta se cerró un poco, y el sirviente se negó a hablar en la lengua de antaño.

—Un momento —dijo—. Tengo que informarme —y cerró el portón y puso la tranca. El sol resplandeciente proyectó la multitud de sombras de la gente contra la pared blanca.

En su recámara, el doctor se irguió en la cabecera de su cama. Llevaba puesto un camisón de seda roja vaporosa que había traído de París, un poco ajustado sobre su pecho si se cazaba los botones. En su regazo había una charola de plata con una chocolatera de plata y una copita de porcelana china, tan delicada que se veía ridículo cuando la levantaba con su mano enorme, la levantaba con las puntas de su pulgar y su dedo índice y alargaba los otros tres dedos para que no le estorbaran. Sus ojos reposaban en hamacas acolchadas de carne y su boca hizo una mueca de disgusto. Se estaba poniendo muy terco con los años, y su voz se volvía aguardentosa con la grasa que presionaba su garganta. En una mesa de al lado había un pequeño gong oriental y un cuenco con cigarros. Los muebles de la habitación eran pesados, oscuros y melancólicos. Los cuadros eran religiosos, incluso la enorme fotografía entintada de su difunta esposa, quien, si las misas que constaban su testamento y que fueron pagadas de su propio dinero habían surtido el efecto deseado, estaba en el cielo. El doctor había sido durante un tiempo parte del gran mundo, y toda su vida posterior era un recuerdo y una añoranza de Francia. "Eso", decía, "era vida civilizada", con lo cual quería decir que con un pequeño ingreso había podido mantener a una amante y comer en restaurantes. Vació su segunda copa de chocolate y deshizo un panecillo con sus dedos. El mismo sirviente del portón principal se detuvo en la puerta entreabierta y esperó a que lo notaran.

—¿Sí? —preguntó el doctor.

—Es un indito con un bebé. Dice que un escorpión lo picó.

El doctor bajó su copa con delicadeza antes de montar en cólera.

—¿No tengo nada mejor que hacer que curar las picaduras de un insecto para los "inditos"? Soy un doctor, no un veterinario.

—¿Tiene dinero? —preguntó el doctor—. No, ellos nunca tienen dinero. Yo, solo yo en este mundo tengo que trabajar por nada, y ya estoy cansado de eso. ¡Ve a ver si tiene dinero!

De regreso en la entrada principal, el sirviente abrió la puerta un poco y vio a la gente que aguardaba afuera. Y esta vez habló en la lengua de antaño.

—¿Tiene dinero para pagar el remedio?

Kino alcanzó un lugar secreto bajo su manta. Sacó un papel doblado varias veces. Lo deshizo doblez tras doblez, hasta que por fin salieron a la vista ocho pequeñas e informes semillas de perla, tan feas y grises como pequeñas úlceras, aplanadas y casi sin valor. El sirviente tomó el papel y de nuevo cerró el portón, pero esta vez no se fue por mucho tiempo. Abrió la puerta lo suficiente para pasar el papel.

—El doctor no está —dijo—. Lo llamaron para que atendiera un caso grave. —Y cerró la puerta de inmediato sin remordimiento alguno.

Y entonces una ola de pesar abatió a la procesión entera. Se dispersaron. Los mendigos volvieron a los escalones de la iglesia, los curiosos se marcharon y los vecinos desaparecieron para no ser testigos de la vergüenza pública de Kino.

Durante un buen rato Kino estuvo de pie frente a la puerta, con Juana a su lado. Con lentitud se caló el sombrero de suplicante. Entonces, sin advertencia alguna, golpeó fuertemente la puerta con su puño. Miró con asombro sus nudillos pelados y la sangre que manaba de sus dedos.

2

El pueblo descansaba sobre un ancho estuario, sus viejos edificios de yeso amarillo envolvían la playa. Y las canoas blancas y azules que venían de Nayarit estaban aseguradas en la playa, canoas conservadas durante generaciones gracias a una especie de cascarón de yeso a prueba de agua cuya mezcla era un secreto de los pescadores. Eran altas y graciosas, con proa y popa curvas y un cabo a mitad de la embarcación, donde podía plantarse un mástil para izar una pequeña vela latina.

La playa era arena amarilla, pero al llegar al borde del agua gravilla de conchas y algas ocupaban su sitio. Cangrejos violinistas hacían burbujas y chapoteaban en sus hoyos de arena, y en las zonas poco profundas pequeñas langostas entraban y salían de sus casitas en la grava y la arena. El fondo del mar estaba lleno de cosas que se arrastraban y flotaban y crecían. Las algas de color marrón se mecían en las corrientes dóciles, la zostera marina verde se mecía de un lado a otro y los caballitos de mar mordisqueaban sus tallos. El pez globo habitaba en el fondo, en los lechos de zostera marina, y los cangrejos de color brillante retozaban y nadaban sobre éstos.

En la playa los perros y los cerdos hambrientos del pueblo buscaban sin cesar un pez o un pájaro muerto que pudiera haber arrastrado la marea.

Aunque la mañana era joven, el resplandor del sol estaba en lo alto. El aire incierto que magnificaba algunas cosas y obstruía otras flotaba sobre el Golfo, de modo que todos los ángulos parecían irreales y no se podía confiar en la visión; así que el mar y la tierra tenían la aguda claridad y la vaguedad de un sueño. Por tanto, podía ser que la gente del Golfo confiara en las cosas del espíritu y de la imaginación, pero no confiaba en que sus ojos le mostrara la distancia o un claro contorno o cualquier exactitud óptica. Al otro lado del estuario, mirando desde el pueblo, una sección de mangles aparecía clara y telescópicamente definida, mientras que otro manglar se asemejaba a un bulto nebuloso de color verdinegro. Parte de la costa lejana desaparecía en un riel que parecía agua. No había ninguna certidumbre en el hecho de mirar, ninguna prueba de que lo que veías estaba o no estaba ahí. Y la gente del Golfo esperaba que en todos lados fuera igual, y no era extraño para ellos. Un haz de luz cobriza estaba suspendido sobre el agua, y el sol caluroso de la mañana caía sobre ella y la hacía vibrar ciegamente.

Las chozas de los pescadores estaban cerca de la playa, a la derecha del pueblo, y las canoas se aseguraban enfrente de esta área.

Kino y Juana se aproximaron lentamente a la playa, rumbo a la canoa de Kino, que era lo único de valor que tenía en el mundo. Era muy vieja. El abuelo la había traído de Nayarit y se la había dado a su hijo, y así había pasado a Kino. Era a un tiempo propiedad y fuente de alimento, porque un hombre con un bote puede asegurarle a una mujer que tendrá que comer. Es un bastión contra el hambre. Y cada año Kino retocaba su canoa con yeso nacarado, siguiendo el método secreto que había aprendido de su padre. Esta vez llegó a la canoa y tocó tiernamente la proa, como siempre lo hacía. Dispuso su piedra de bucear y su canasta y las cuerdas que sujetaban ambas cosas en la arena, al lado de la canoa. Kino dobló su manta y la puso en la proa.

Juana colocó a Coyotito sobre la manta, y le puso su chal encima para que el sol no brillara sobre él. Ahora

estaba tranquilo, pero la hinchazón de su hombro se
había extendido a su cuello y debajo de su oreja, y su
cara estaba roja y febril. Juana se metió en el agua y la
agitó con sus manos. Juntó alga marina e hizo con ella
un emplasto, aplanado y húmedo, y lo aplicó en el hombro hinchado del bebé, un remedio tan bueno como cualquier otro y seguramente mejor que el que el médico
hubiera podido hacer. Pero el remedio no tenía la autoridad del médico, porque era sencillo y no tenía costo.
Los calambres en el estómago no se habían presentado
en Coyotito. Tal vez Juana había extraído el veneno a
tiempo, pero no había extraído la preocupación que
sentía por su primogénito. Juana no había rezado por la
recuperación del bebé —había rezado por que encontra-
ran una perla con la cual pagar los servicios del médico
para curar al bebé, porque la mente de la gente del pueblo es tan ilusa como el resplandor del Golfo—.

Kino y Juana empujaron la canoa playa abajo, hacia
el mar, y cuando la proa estuvo a flote, Juana abordó la
canoa mientras Kino empujaba la popa y nadaba a un
costado hasta que la embarcación flotó ligeramente y se
estremeció con el incipiente rompimiento de las olas.
Lado a lado, Juana y Kino dirigieron sus remos de doble
pala mar adentro, y la canoa sorteó el agua y silbó con
velocidad. Los otros pescadores de perlas habían salido
hacía mucho. Pasaron unos momentos antes de que
Kino pudiera verlos, reunidos bajo el resplandor, manio-
brando sobre el ostrero.

La luz se filtraba a través del agua de la superficie
hasta iluminar el lecho, donde ostras escaroladas con
sus perlas estaban adheridas al fondo resquebrajado, un
fondo repleto de conchas rotas, abiertas. Este era el lecho que le había dado al Rey de España gran poder en
Europa en tiempos pasados, había contribuido a finan-
ciar sus guerras y había decorado las iglesias por el bie-
nestar de su alma. Las ostras grises con sus volantes en

los labios de las conchas, las de costra de percebe con flequillos de alga colgando de los faldones y cangrejos diminutos subiendo por ellos. Un accidente podía ocurrirles a estas ostras, un grano de arena podía introducirse en los pliegues del músculo e irritar la carne hasta que, para protegerse a sí misma, la carne envolviera el grano con una capa de tejido suave. Pero una vez comenzado el proceso, la carne seguiría envolviendo el cuerpo extraño hasta dejarlo salir, liberado a una corriente repentina, o hasta que la ostra fuera destruida por completo. Durante siglos los hombres habían buceado y roto las ostras de los lechos y dejado las conchas abiertas en busca de los granos de arena cubiertos. Cardúmenes de peces vivían cerca del lecho para estar cerca de las ostras desechadas por los pescadores y para mordisquear el resplandeciente interior de las conchas. Pero las perlas eran accidentes, y encontrar una perla era cuestión de suerte, una palmada de Dios, o de los dioses, o de ambos, en la espalda.

Kino tenía dos cuerdas, una atada a una piedra pesada y otra a una canasta. Se quitó la camisa y los pantalones y dejó su sombrero en el fondo de la canoa. El agua estaba ligeramente aceitosa. Con una mano agarró la piedra y con la otra la canasta, y deslizó los pies por la borda y la roca lo llevó hasta el fondo. Las burbujas se elevaron a uno de sus costados hasta que el agua se aclaró y pudo ver. Arriba, la superficie del agua era un espejo ondulante hecho de brillo, y podía ver las quillas de las canoas fijarse a través de él.

Kino maniobró con cuidado para evitar que el agua se oscureciera con barro o arena. Ensartó su pie en el nudo de su roca y sus manos trabajaron con destreza, liberando las ostras, algunas sueltas, otras en racimos. Las iba poniendo en su canasta. En algunos puntos las ostras estaban pegadas entre sí, de suerte que salían por montones.

Para entonces, el pueblo de Kino había cantado todo lo que había sido o existido. Habían compuesto canciones a los peces, al mar embravecido y al mar tranquilo, a la luz y a la oscuridad, al sol y a la luna, y todas las canciones estaban en Kino y en su pueblo —cada canción que se hubiera compuesto, incluso aquellas olvidadas—. Y a medida que llenaba su canasta la canción estaba en Kino, y el ritmo de la canción era su corazón batiente a medida que este se alimentaba del oxígeno contenido en su respiración, y la melodía de la canción era el agua gris verdosa y los pequeños animales escurridizos y los cúmulos de peces que pasaban rápidamente y se iban. Pero en la canción había una cancioncita secreta interna, apenas audible, pero que siempre estaba ahí, dulce, secreta y persistente, casi oculta en la contramelodía, y ésta era la Canción de la Perla que podría ser, porque cada concha puesta en la canasta podría contener una perla. El azar estaba en contra, pero la fortuna y los dioses podrían estar a favor. Y en la canoa arriba de él, Kino sabía que Juana estaba rezando una plegaria mágica, la cara inconmovible y sus músculos tensos para forzar a la fortuna, para propiciar que la fortuna se desprendiera de las manos de los dioses, porque ella necesitaba a la fortuna de su lado para sanar el hombro inflamado de Coyotito. Y porque la necesidad y el deseo eran grandes, la pequeña y secreta melodía de la perla que podría ser resonaba más fuerte esa mañana. Frases enteras de ella se escuchaban clara y suavemente en la Canción de la Profundidad Marina.

Kino, debido a su orgullo, juventud y fortaleza, podía permanecer abajo alrededor de dos minutos sin forzarse, así que trabajaba a sus anchas, seleccionando las conchas más grandes. Como se las molestaba, las conchas de las ostras estaban bien cerradas. A su derecha había un montículo de roca desastrada, cubierto de ostras jóvenes que aún no estaban listas para su recolección. Kino se movió cerca del montículo, y luego, a uno de sus lados, debajo de una pequeña saliente, vio una ostra muy grande que estaba sola, al margen de sus hermanas apegadas. La concha estaba parcialmente abierta, porque la saliente protegía a esta vieja ostra, y en el labio Kino vio un destello fantasmal, y luego la ostra se cerró. Su corazón latió a un ritmo fuerte y la melodía de la perla que podría ser resonaba con fuerza en sus oídos. Poco a poco liberó la ostra y la sostuvo apretada contra su pecho. Dio una patada para soltar su pie del lazo de la roca, y su cuerpo se elevó a la superficie y su cabello negro brilló con la luz del sol. Alcanzó un borde de la canoa y depositó la ostra en el fondo.

Juana equilibró el bote mientras él subía. Sus ojos estaban encendidos con la excitación, pero con calma jaló la roca, y luego jaló la canasta de las ostras y la puso junto a él. Juana percibió su excitación y pretendió no darse cuenta. No es bueno querer demasiado una cosa. A veces esto aleja la buena fortuna. Debes quererla sólo lo suficiente, y debes tener mucho tacto con Dios o los dioses. Pero a Juana se le contuvo la respiración. Resueltamente, Kino sacó su cuchillo corto. Miró expectante a la canasta. Tal vez sería mejor abrir *la* ostra al final. Tomó una pequeña ostra de la canasta, cortó el músculo, buscó en los pliegues de la carne y la arrojó al agua. Entonces, fue como ver la gran ostra por primera vez. Se acuclilló en el fondo de la canoa, levantó la ostra y la examinó. Los pliegues tenían un brillo que iba del negro al marrón, y sólo unos cuantos y pequeños percebes estaban adheridos a la concha. Ahora Kino estaba renuente a abrirla. Lo que vio en el fondo del mar —lo sabía— pudo haber sido un reflejo, un pedazo de concha que accidentalmente hubiera flotado hasta allí o una mera ilusión. En este Golfo de luz incierta había más ilusiones que realidades.

Pero los ojos de Juana estaban puestos en él y no

podía esperar más. Puso su mano sobre la cabeza cubierta de Coyotito.

—Ábrela —dijo con suavidad.

Kino deslizó con destreza su cuchillo por el filo de la concha. A través del cuchillo pudo sentir cómo se endurecía el músculo. Inclinó la hoja con maña, el músculo se abrió y la concha se partió. El labio se inconformó y terminó por ceder. Kino levantó la carne, y allí estaba, la gran perla, perfecta como la luna. La perla capturó la luz, la asimiló y la devolvió en una incandescencia plateada. Era tan grande como un huevo de gaviota. Era la perla más grande del mundo.

Juana contuvo la respiración y gimió un poco. Y para Kino, la secreta melodía de la perla que podría ser irrumpió clara y hermosa, rica, tibia y adorable, brillante, exultante y victoriosa. En la superficie de la gran perla pudo ver formas de ensueño. Tomó la perla de la carne agonizante y la sostuvo en la palma de su mano, le dio la vuelta y vio que su curva era perfecta. Juana se acercó para admirarla en su mano, y era la mano que había aplastado contra la puerta del doctor, y la carne magullada de los nudillos se había tornado de un blanco grisáceo por el agua del mar.

Instintivamente, Juana fue a donde Coyotito yacía, en la manta de su padre. Levantó el emplasto de alga y vio el hombro.

—¡Kino! —gritó con voz aguda.

Kino quitó sus ojos de la perla, y vio que la hinchazón estaba desapareciendo del hombro del bebé, el veneno estaba retirándose de su cuerpo. El puño de Kino se cerró sobre la perla y su emoción irrumpió en él. Kino echó su cabeza atrás y aulló. Sus ojos dieron vueltas y gritó, y su cuerpo estaba rígido. Los hombres de las otras canoas lo miraron, se quedaron pensativos y luego hincaron sus remos en el mar y se apresuraron hacia la canoa de Kino.

3

Un pueblo es como un animal colonial. Un pueblo tiene un sistema nervioso, una cabeza, unos hombros y unos pies. Un pueblo es una cosa separada de todos los demás pueblos, de manera que no hay dos pueblos iguales. Y cada pueblo contiene una emoción completa. La forma en que las noticias viajan a través de un pueblo es un misterio no fácil de resolver. Las noticias parecen moverse más rápido de lo que los niños parecen decidirse y correr para contarlas, más rápido de lo que las mujeres pueden contarlas a través de las cercas de sus casas.

Antes de que Kino y Juana y los demás pescadores hubieran llegado a la choza de Kino, los nervios del pueblo estaban pulsando y vibrando con la buena nueva —Kino había encontrado la Perla del Mundo—. Antes de que los niños jadeantes pudieran balbucir las palabras, sus madres ya lo sabían. Las nuevas pasaron como una ráfaga a través de las chozas y bañaron con una ola espumosa el pueblo de piedra y yeso. Le llegaron al cura que caminaba en su jardín, y pusieron una mirada pensativa en sus ojos, así como el recuerdo de ciertas reparaciones necesarias para la iglesia. Imaginó cuánto podría valer la perla. Y se preguntó si había bautizado al bebé de Kino, o había casado a los padres con ese motivo. Las nuevas llegaron a los tenderos, y en seguida miraron de reojo la ropa de hombre que no se había vendido bien.

Las noticias le llegaron al doctor que auscultaba a

una mujer cuya enfermedad era la edad, pese a que ni ella ni el doctor lo admitieran. Y en cuanto quedó claro quién era Kino, el doctor se puso tan serio como meditabundo. "Es un cliente mío", dijo el doctor. "Estoy tratando a su hijo por la picadura de un alacrán". Y los ojos del doctor se revolvieron un poco en sus grasosas ojeras y pensó en París. Recordó la habitación donde había vivido como un lugar grande y lujoso, y recordó a la mujer de cara endurecida que había vivido con él como una muchacha hermosa y gentil, aunque ella no hubiera sido ninguna de esas tres cosas. El doctor volvió a pasear su vista por su paciente anciana, y se vio a sí mismo sentado en un restorán de París y a un mesero abriendo una botella de vino.

Las nuevas les llegaron a los mendigos que se encontraban delante de la iglesia, y los hizo reír de placer, porque ellos sabían que no había alma caritativa en el mundo parecida a la de un hombre pobre que se vuelve afortunado de repente.

Kino había encontrado la Perla del Mundo. En el pueblo, en sus pequeñas oficinas, se sentaban los hombres que compraban las perlas a los pescadores. Esperaban en sus sillas hasta que las perlas venían a ellos, y en seguida cacareaban y peleaban y gritaban y amenazaban hasta que llegaban al precio más bajo que un pescador podía aguantar. Pero había un precio más bajo al que no se aventuraban, porque se había dado el caso de que un pescador desesperado le había donado sus perlas a la iglesia. Y cuando la compra estaba hecha, estos negociantes se quedaban solos en sus asientos y sus dedos jugaban incansablemente con las perlas, al mismo tiempo que deseaban ser los poseedores de las mismas. Porque en realidad no había muchos compradores —sólo había uno— y mantenía a estos agentes en oficinas separadas para dar una idea de competencia. Las nuevas les llegaron a estos hombres, y sus ojos miraron de soslayo y las yemas de sus dedos se encendieron un poco, y más de uno pensó que el patrón no podía vivir para siempre y alguien entonces tendría que ocupar su lugar. Y más de uno imaginó que con cierto capital podría empezar desde cero.

Todo el mundo se interesó en Kino —gente con cosas que vender y gente con favores que pedir—. Kino había encontrado la Perla del Mundo. La esencia de la perla mezclada a la esencia del hombre y un curioso residuo oscuro se precipitaron. Todo el mundo de pronto estaba relacionado con la perla de Kino, y la perla de Kino se introdujo en los sueños, las especulaciones, los esquemas, los planes, los futuros, los deseos, las necesidades, las lascivias, las hambres de todos, y sólo una persona se interponía y esa persona era Kino, de modo que Kino se volvió el enemigo de todo el mundo. Las noticias sacaron a flote algo infinitamente negro y maligno en el pueblo; el destilado negro era como el escorpión, o como el hambre que despierta el olor de la comida, o como la soledad cuando el amor se interrumpe. Los sacos ponzoñosos del pueblo comenzaron a manufacturar veneno, y el pueblo se hinchó y bufó con esa presión.

Pero Kino y Juana ignoraban estas cosas. Como eran felices y estaban emocionados, pensaban que todos compartían su alegría. Juan Tomás y Apolonia sí, y ellos también eran el mundo. En la tarde, cuando el sol se había puesto en las montañas de la Península antes de hundirse en el mar abierto, Kino se acuclilló en su casa con Juana a su lado. Y la choza estaba repleta de vecinos. Kino sostenía la gran perla, y la perla estaba tibia y viva en su mano. Y la música de la perla se había mezclado con la música de la familia, de modo que una embellecía a la otra. Los vecinos miraban la perla en la mano de Kino y se maravillaban con la suerte que podía sobrevenirle a un hombre en un momento dado.

Y Juan Tomás, que estaba acuclillado del lado derecho de Kino porque era su hermano, preguntó:

—¿Qué harás ahora que te has convertido en un hombre rico?

Kino vio su perla, y Juana bajó sus pestañas y arregló su chal para cubrirse la cara de manera que su emoción no fuera visible. Y en la incandescencia de la perla se reflejaban imágenes formadas a partir de las cosas que la mente de Kino había considerado en el pasado y renunciado a ellas como imposibles. En la perla vio a Juana, Coyotito y a él mismo de pie y luego de rodillas frente al altar mayor, contrayendo matrimonio ahora que podían pagar. Kino habló en voz baja:

—Nos casaremos en la iglesia.

En la perla vio cómo estaban vestidos: Juana con un chal almidonado y una falda nuevos, y bajo la falda larga Kino podía ver que llevaba zapatos. Fue en la perla donde lo vio —la imagen resplandecía en ella—. Él mismo estaba vestido con ropa blanca nueva, y llevaba un sombrero nuevo —no de paja sino de fieltro negro y fino—, y él también llevaba zapatos, no sandalias sino zapatos con agujetas. Pero Coyotito —ni más ni menos— llevaba un traje azul de marinero de los Estados Unidos y una gorrita de navegante como las que Kino había visto cuando un crucero atracó en el estuario. Todas estas cosas Kino las vio en la luciente perla y dijo:

—Tendremos ropa nueva.

Y la música de la perla elevó un coro de trompetas en sus oídos.

En seguida, a la adorable superficie gris de la perla acudieron las pequeñas cosas que Kino quería: un arpón que ocupara el lugar de uno perdido hace años, un arpón nuevo de acero con un aro en el extremo de la hoja; y —no sin dificultades su mente pudo ejecutar ese salto— un rifle; pero por qué no un rifle, ahora que era rico. Y Kino se vio a sí mismo en la perla sosteniendo

una escopeta Winchester. Esto era una ensoñación des-
orbitada y placentera. Sus labios se pronunciaron no sin
titubeos sobre esto:

—Un rifle —dijo—. Tal vez un rifle.

Lo del rifle fue el acabose. Éste era una imposibilidad,
y si pudiera pensar en tener un rifle, horizontes enteros
arderían y él podría encaminarse a toda prisa a conse-
guir sus fines. Porque se dice que los humanos nunca
están satisfechos, que les das una cosa y quieren otra. Y
esto se dice por igual, sin importar que se trate en estos
casos de los grandes talentos de la raza humana, es decir, de quienes lan ha puesto por encima de los animales,
los cuales viven satisfechos con lo que tienen.

Los vecinos, apretados los unos a los otros y en silencio dentro de la casa, asintieron con sus cabezas frente
a estas desorbitadas ensoñaciones. Y un hombre en el
fondo murmuró:

—Un rifle. Él tendrá un rifle.

Pero la música de la perla resonaba triunfante en
Kino. Juana levantó la vista, y sus ojos se ensancha-
ron frente al valor y la imaginación de su esposo. Y
una corriente eléctrica se había apoderado de él ahora
que las fronteras se habían desvanecido. En la perla
vio a Coyotito sentado frente a un pequeño escritorio,
en una escuela, tal y como Kino había visto que era,
una vez mirando a través de la puerta abierta de un
salón de clase. Y Coyotito estaba vestido con un saco,
y tenía un cuello blanco y una corbata ancha de seda.
Pero sobre todo, Coyotito estaba escribiendo en una
gran hoja de papel. Kino miró con vehemencia a sus
vecinos:

—Mi hijo irá a la escuela —dijo, y los vecinos se exal-
taron. Juana contuvo la respiración. Los ojos de Juana,
al mirarlo, despedían un brillo, y rápidamente volvió la
vista a Coyotito, que yacía en sus brazos, para cerciorarse de si sería posible.

Pero la cara de Kino resplandecía con el brillo de la profecía.

—Mi hijo leerá y abrirá los libros, y mi hijo escribirá y conocerá la escritura. Y mi hijo hará números, y estas cosas nos harán libres, porque él sabrá; él sabrá y a través de él nosotros sabremos —y en la perla Kino se vio a sí mismo y a Juana en la choza, acuclillados junto al fuego mientras Coyotito leía un gran libro—. Esto es lo que la perla hará —dijo Kino. Y nunca había dicho tantas palabras juntas en su vida. Y de repente tuvo miedo de lo que decía. Su palma se cerró sobre la perla y alejó la luz de ella. Kino estaba temeroso, al igual que un hombre siente temor cuando dice "Lo haré" sin saber si esto será cierto.

Entonces los vecinos supieron que habían presenciado una maravilla. Sabían que había un antes y un después a partir de la perla de Kino, y que hablarían de ese momento durante muchos años. Si todo esto se hiciera realidad, volverían a contar cómo se veía Kino y lo que dijo y cómo sus ojos brillaban, y dirían: "Era un hombre transfigurado. Cierto poder se le había conferido, y a partir de entonces comenzó. Y se veía el gran hombre en el que habría de convertirse, a partir de ese momento. Y yo mismo fui testigo".

Y si los planes de Kino resultaban en nada, esos mismos vecinos dirían: "Así comenzó. Una locura tal se apoderó de él que dijo palabras sin sentido. Dios nos libre de estas cosas. Sí, Dios castigó a Kino fue porque él se rebeló en contra de la forma en que son las cosas. Ahora ve lo que ha sido de él. Y yo mismo fui testigo del momento en que la razón lo abandonó".

Kino bajó la vista hacia su puño cerrado y los nudillos estaban escarados y apretados allí donde había golpeado el portón de entrada de la casa del médico.

Estaba llegando el ocaso. Y Juana anudó su chal bajo el bebé de modo que éste colgara contra su cadera, y se fue al hogar y entresacó un carbón de las cenizas y rompió algunas ramitas sobre él y abanicó una nueva llama. Las pequeñas lenguas de fuego danzaban en las caras de los vecinos. Estos sabían que tenían que retirarse para cenar en sus casas, pero no querían hacerlo.

La oscuridad casi había caído por completo, y el fuego de Juana arrojaba sombras en las paredes del jacal en el momento en que, de boca en boca, se escuchó un murmullo: "El Padre viene en camino; el cura viene en camino". Los hombres se descubrieron sus cabezas y dieron un paso atrás de la puerta, y las mujeres acercaron sus chales a sus caras y bajaron los ojos. Kino y Juan Tomás, su hermano, se pusieron de pie. El cura hizo acto de presencia —un hombre de cabello gris, entrado en años, con la piel arrugada y unos ojos juveniles y vivaces. El padre consideraba a esta gente como sus niños, y los trataba como tales.

—Kino —dijo con suavidad— se te puso ese nombre en honor de un gran hombre... y uno de los grandes Padres de la Iglesia —el párroco hizo que esto sonara como una bendición—. Tu tocayo domeñó el desierto y endulzó las mentes de su pueblo, ¿lo sabías? Está en los libros.

Kino miró rápidamente la cabeza de Coyotito, que colgaba de la cadera de Juana. Un día, dijo para sus adentros, ese muchacho sabrá lo que hay en los libros y lo que no. La música se había disipado de la cabeza de Kino, pero ahora, imperceptible, lentamente, la melodía de la mañana, la música del mal, la música del enemigo sonaba, pero era tenue y débil. Y Kino se volvió a sus vecinos para constatar el efecto que esta música pudo haber traído consigo.

Pero el cura estaba hablando de nuevo.

—¡Me ha llegado la noticia de que has encontrado una gran fortuna, una gran perla!

Kino abrió su mano y sostuvo la perla a la vista de

todos, y el padre sintió el aliento entrecortado frente al tamaño y la belleza de la perla. Y entonces dijo:

—Espero que recuerdes, hijo mío, dar gracias a Él que te ha dado este tesoro, y orar por que te guíe en el futuro.

Kino asintió en silencio, y fue Juana quien habló con voz suave:

—Lo hará, Padre. Y nos casaremos ahora. Kino ha dicho eso —miró a los vecinos en busca de confirmación, y ellos asintieron solemnemente.

—Es agradable ver que sus primeros pensamientos son buenos pensamientos —dijo el cura—. Dios los bendiga, mis niños —dio la vuelta y se fue en silencio, y la muchedumbre le abrió el paso.

Pero la mano de Kino se había cerrado sobre la perla, y estaba mirando en torno con ojos de sospecha, porque la canción del mal estaba en sus oídos, imponiéndose a la música de la perla.

Los vecinos se fueron para sus casas, y Juana se acuclilló junto al fuego y puso su olla de barro con frijoles hervidos sobre la pequeña llama. Kino caminó hasta la puerta y miró hacia afuera. Como siempre, pudo oler el humo de muchos fuegos, y pudo ver el resplandor de las estrellas y sentir la humedad del aire nocturno, por lo que se cubrió la nariz. El perro famélico se le acercó y se revolcó en el suelo, a manera de saludo, como una bandera que ondeara con el viento, y Kino bajó la vista para verlo y no lo vio. Había ido más allá de lo permitido por el horizonte de la convención y se encontraba ahora en un afuera frío y solitario. Se sentía solo y desprotegido, y el canto de los grillos y la estridencia de las ranas de árbol y el croar de los sapos parecía llevar consigo la melodía del mal. Kino tembló un poco y se cubrió la nariz aún más con su manta. Todavía tenía la perla en su puño, fuertemente apretada en su palma, y ésta se sentía tibia y suave al contacto con su piel.

Detrás de sí escuchó a Juana tortear las tortillas antes de ponerlas en el comal de barro. Kino sintió toda la tibieza y la seguridad de su familia detrás de sí, y la Canción de la Familia vino detrás de su espalda como el maullido de un gatito. Pero ahora, al hablar de lo que sería su futuro, lo había creado. Un plan es una cosa real, y las cosas que se proyectan se viven. Una vez que se traza y visualiza, un plan se vuelve una realidad junto a otras realidades —que nunca serán destruidas por más que sean fácilmente cuestionables—. Así pues, el futuro de Kino era real, pero una vez que estaba puesto en la palestra, otras fuerzas se habían activado para destruirlo, y esto él lo sabía, de manera que tenía que estar preparado para enfrentar el ataque. Y esto Kino también lo sabía: que los dioses no aman los planes de los hombres, y los dioses no aman el éxito, a menos que éste se produzca por accidente. Él sabía que los dioses cobran venganza de un hombre si éste obtiene el éxito a través de su propio esfuerzo. Así pues, Kino tenía miedo de los planes, pero habiendo hecho uno, nunca podría destruirlo. Y para enfrentar el ataque, Kino ya estaba endureciendo su piel contra el mundo. Sus ojos y su mente estaban preparados para el peligro antes de que este apareciera.

Estando de pie en la puerta, vio a dos hombres que se aproximaban; y uno de ellos llevaba una linterna que iluminaba el suelo y las piernas de los hombres. Aparecieron en la entrada de la cerca de arbustos y llegaron hasta su puerta. Y Kino vio que uno era el doctor y el otro el sirviente que había abierto el portón en la mañana. Los nudillos descarapelados de la mano derecha de Kino ardieron de nuevo cuando vio quiénes eran.

—No estaba cuando viniste esta mañana —dijo el doctor—. Pero ahora, en cuanto pude, vine a ver al bebé.

Kino se detuvo en la puerta, llenándola por completo, y el odio se apoderó de él e inflamó el reverso de sus ojos;

y también sintió miedo, porque cientos de años de sub-
yugación estaban muy arraigados en Kino.

—El bebé ya casi está bien —dijo lacónicamente.

El doctor sonrió, pero sus ojos, en sus pequeñas ojeras delineadas por la linfa, no sonrieron.

—A veces, amigo mío —dijo—, la picadura del escorpión tiene un efecto curioso. Habrá una aparente
mejoría, y luego, sin advertencia alguna, ¡puf! —frunció
los labios e hizo una ligera explosión para mostrar lo
rápido que podría ser, y cambió de lado su maletín
de médico de modo que la luz de la lámpara lo ilumi-
nara, porque él sabía que la raza de Kino ama las herra-
mientas de cualquier oficio y confía en ellas—. A veces
—prosiguió el doctor en un tono líquido—, a veces puede
haber una pierna dañada o un ojo ciego o una espalda
tullida. Oh, yo conozco la picadura del escorpión, amigo
mío, y puedo curarla.

Kino sintió la rabia y el odio mezclarse con el miedo.
Él no sabía, y quizás este doctor sí supiera. Y no podía
correr el riesgo de lamentar su ignorancia frente al posible conocimiento de este médico. Estaba tan atrapado
como su pueblo siempre lo había estado, y lo estaría
hasta que, como él mismo lo había dicho, pudieran cerciorarse de que las cosas escritas en los libros estuvieran
realmente allí. No podía correr el riesgo, no con la vida
o la salud de Coyotito. Se hizo a un lado y dejó que el
doctor y su ayudante pasaran a la choza.

Juana se puso de pie y retrocedió cuando éste entró, y
cubrió la cara del bebé con el borde de su chal. Y cuando
el doctor se le acercó y le tendió la mano, ella apretó
fuerte al bebé y miró hacia donde estaba Kino, con las
sombras del fuego brincando en su cara.

Kino asintió con la cabeza, y sólo entonces ella dejó
que el doctor tomara al bebé.

—Sostén la luz —dijo el doctor, y cuando el sirviente
sostuvo la lámpara en lo alto, el doctor miró por un

momento la herida del bebé en el hombro. Estuvo pensativo por unos instantes y levantó el párpado del bebé y miró en el ojo. Movió la cabeza al mismo tiempo que Coyotito luchaba contra él—. Tal como pensé —dijo—. El veneno se ha ido hacia adentro y atacará pronto. ¡Ven a ver! —sostuvo el párpado retraído—. Ves, está azul —y Kino, mirando con ansiedad, vio que, en efecto, estaba azul. Y no sabía si siempre o no había estado un poco azul. Pero la trampa estaba tendida. No podía correr el riesgo.

Los ojos del doctor se enjugaron en sus pequeñas ojeras.

—Le daré algo para tratar de eliminar el veneno —dijo. Y le pasó el bebé a Kino.

En seguida, de su maleta sacó una botellita de polvo blanco y una cápsula de gelatina. Llenó la cápsula con el polvo y la cerró, y luego alrededor de la primera cápsula acomodó una segunda y la selló. Luego trabajó con mucha destreza. Tomó al bebé y pellizcó su labio inferior hasta que abrió la boca. Sus dedos gordos colocaron la cápsula muy atrás en la lengua del bebé, atrás del lugar donde pudiera escupirla, y luego, del piso tomó la jarrita de pulque y le dio a Coyotito un trago; y estaba hecho. Volvió a mirar en el ojo del bebé, frunció los labios y pareció pensar.

Al final le devolvió el bebé a Juana, y se dirigió a Kino.

—Creo que el veneno atacará dentro de una hora —dijo—. La medicina puede aliviar el dolor del bebé, pero éste volverá en una hora. Quizás aún estoy a tiempo de salvarlo —dio un suspiro profundo y salió de la choza, y su sirviente lo siguió con la linterna.

Ahora Juana tenía al bebé bajo su chal, y lo veía con ansiedad y miedo. Kino se acercó a ella, y levantó el chal y contempló al bebé. Alzó su mano para ver bajo su párpado y sólo entonces se dio cuenta de que la perla seguía estando en su mano. Luego fue hacia una caja que estaba cerca de la pared, y de ahí sacó un pedazo de trapo. Envolvió la perla en el trapo, luego fue a la esquina de la choza y cavó un pequeño agujero con sus dedos en el suelo sucio, y puso la perla en el agujero y lo cubrió de nuevo y ocultó el lugar. Luego fue al hogar, donde Juana estaba acuclillada, viendo la cara del bebé.

El doctor, de regreso en su casa, se acomodó en su silla y vio su reloj. Su gente le llevó una cena frugal de chocolate y panes de dulce y fruta, y miró la fruta con descontento.

En las casas de los vecinos el tema que dominaría todas las conversaciones durante mucho tiempo se sacaba a relucir por primera vez —todos querían saber qué estaría pasando en esos momentos—. Los vecinos usaban sus pulgares para mostrarse los unos a los otros qué tan grande era la perla, y hacían pequeños gestos de caricias para mostrar cuán adorable era. De ahora en adelante vigilarían muy de cerca a Kino y a Juana para cerciorarse de qué tan ricos se volvían los adornos de sus cabezas, como de hecho ocurría con las cabezas de la gente rica. Todo el mundo sabía por qué había ido el doctor. Éste no era bueno para disimular y se lo conocía muy bien.

Afuera en el estuario un banco muy apretado de pececillos relucía y rompía las aguas para escapar de un banco de peces gordos que se dirigía hacia ellos para comérselos. Y en las casas la gente podía escuchar el silbido de los pequeños y los desplazamientos estrepitosos de los grandes a medida que la carnicería tenía lugar. La humedad se desprendió del Golfo y se depositó en los matorrales y en las cactáceas y en los arbolitos en forma de gotas saladas. Y los ratones se arrastraban por el suelo y los pequeños halcones nocturnos los cazaban en silencio.

El cachorro negro y flaco con lunares de fuego en sus ojos se acercó a la puerta de Kino y miró al interior. Se sentó sobre sus cuartos traseros en cuanto Kino se dio cuenta de su presencia, y se echó al piso cuando Kino apartó su vista de él. El cachorro no entraba en la casa, pero veía con franco interés mientras Kino comía sus frijoles del pequeño plato de barro y lo limpiaba con una tortilla, y se comía la tortilla y limpiaba el resto con un trago de pulque.

Kino había terminado y estaba liando un cigarrillo cuando Juana lo llamó en seco. "Kino". Él la miró, se levantó y fue rápidamente hacia donde ella estaba porque vio temor en sus ojos. Se paró detrás de ella, viendo hacia abajo, pero la luz era muy tenue. Pateó un montoncito de ramas al agujero del fuego para provocar una llamarada, y entonces pudo ver la cara de Coyotito. La cara del bebé estaba enrojecida, su garganta estaba convulsionando y un poco de baba espesa le escurría de los labios. El espasmo de los músculos estomacales comenzó, y el bebé estaba muy enfermo.

Kino se arrodilló al lado de su esposa. "Así que el doctor sabía", dijo, pero lo dijo para sí y para ella, porque su mente era dura y desconfiada y estaba recordando el polvo blanco. Juana se mecía de un lado a otro y susurraba la pequeña Canción de la Familia como si ésta pudiera alejar el peligro, y el bebé vomitaba y se retorcía en sus brazos. Ahora la incertidumbre era de Kino, y la música del mal retumbaba en su cabeza y por poco eliminaba la canción de Juana.

El doctor terminó su chocolate y mordisqueó los trocitos que se habían caído de su pan de dulce. Cepilló sus dedos en una servilleta, vio su reloj, se levantó y tomó su maletín.

Las noticias de la enfermedad del bebé viajaron rápidamente de choza en choza, porque la enfermedad es, después del hambre, el principal enemigo de la gente pobre. Y algunos decían en voz baja: "La suerte trae consigo amigos más amargos". Y asentían con la cabeza y se ponían de pie para ir a la casa de Kino. Los vecinos aparecían furtivamente con las narices cubiertas a través de la oscuridad hasta juntarse de nuevo en la casa de Kino. Estaban de pie y miraban, y hacían comentarios por lo bajo sobre qué significaba que esto sucediera en un momento de felicidad; y añadían: "Todo está en las manos de Dios". Las mujeres ancianas se acuclillaban junto a Juana para tratar de ayudarla o reconfortarla en caso de no poder hacerlo.

Entonces, apurándose, el doctor hizo acto de presencia, seguido de su sirviente. Hizo a un lado a las mujeres ancianas como si fuesen gallinas. Tomó al bebé, lo examinó y sintió su cabeza.

—El veneno ha hecho su trabajo —dijo—. Creo que puedo acabar con él. Haré lo mejor que pueda. —Pidió que le llevaran agua, y en un pocillo puso tres gotas de amoniaco, abrió la boca del bebé y vertió el agua dentro. El bebé farfullaba y chillaba con el tratamiento, y Juana lo miraba con ojos desolados. El doctor dijo algo mientras hacía su labor—: Es una fortuna que yo supiera del veneno del escorpión, de otro modo... —y se encogió de hombros para dar a entender lo que pudo haber pasado.

Pero Kino era desconfiado, y no podía quitar los ojos del maletín abierto del doctor, y de la botella de polvos blancos que había en ella. Gradualmente los espasmos desaparecieron y el bebé se relajó en las manos del doctor. Y luego Coyotito suspiró profundamente y volvió a dormirse, porque se había extenuado por el vómito.

El doctor puso al bebé en los brazos de Juana.

—Ahora se pondrá bien —dijo—. He ganado la batalla.

Y Juana lo miro con adoración.

El doctor estaba cerrando su maletín.

—¿Cuándo creen que puedan pagar esta cuenta? —dijo con cortesía.

—Cuando haya vendido mi perla le pagaré —dijo Kino.

—¿Tienes una perla? ¿Una buena perla? —preguntó el doctor con interés.

Y entonces irrumpieron los vecinos en coro:

—Ha encontrado la Perla del Mundo —gritaron, y unieron el dedo índice con el pulgar para mostrar cuán grande era la perla.

—Kino será un hombre rico —clamaron—. Es una perla como nunca nadie la ha visto.

El doctor miró sorprendido.

—No había oído de ella. ¿Tienes guardada esta perla en un lugar seguro? ¿Quizá quieras ponerla en mi caja fuerte?

Los ojos de Kino estaban ahora ensombrecidos, sus mejillas estaban tensas.

—La tengo segura —dijo—. Mañana la venderé y entonces le pagaré.

El doctor se encogió de hombros, y sus ojos húmedos no se apartaron de los de Kino. Sabía que la perla estaría enterrada en la casa, y pensó que Kino vería hacia el lugar donde la había enterrado.

—Sería una pena que la robaran antes de que pudieras venderla —dijo el doctor, y vio los ojos de Kino chicotear involuntariamente al piso cerca del poste lateral de la choza.

Cuando el doctor se fue y todos los vecinos regresaron a regañadientes a sus casas, Kino se acuclilló al lado de los carbones encendidos en el hoyo del fuego y escuchó el sonido de la noche, el dulce tumbo de las pequeñas olas en la playa y el ladrido distante de los perros, las ondulaciones de la brisa en el techo de la choza y la suave conversación de los vecinos en sus casas en el pueblo. Porque esta gente no dormía a pierna suelta durante toda la noche; despertaban a intervalos, hablaban un poco y se iban a dormir de nuevo. Y después de un rato Kino se levantó y fue a la puerta de su casa.

Olfateó la brisa y prestó atención a cualquier sonido extraño de sigilo o de arrastrarse, y sus ojos buscaron en la oscuridad, porque la música del mal estaba sonando en su cabeza y él era aguerrido y estaba temeroso. Luego de que hubo examinado la noche con sus cinco sentidos fue al lugar junto al poste lateral donde estaba enterrada la perla, la sacó y la llevó con él a su petate, y bajo el petate cavó otro agujero en el suelo sucio, enterró la perla y la cubrió de nuevo.

Y Juana, sentada junto al fuego, lo miró con ojos inquisitivos y una vez que había enterrado su perla le preguntó:

—¿A quién le temes?

Kino quiso encontrar una respuesta honesta, y por fin dijo:

—A todos. —Y pudo sentir como un resistente caparazón lo ceñía.

Luego de un rato dormían juntos en el petate, y Juana no puso al bebé en su caja esa noche, sino que lo acunó en sus brazos y le cubrió la cara con su chal. Y la última luz se extinguió de las últimas ascuas del hogar.

Pero el cerebro de Kino ardía, incluso durante el sueño, y él soñaba que Coyotito podía leer, que uno de su propia sangre podía decirle la verdad de las cosas. Y en sus sueños, Coyotito estaba leyendo un libro tan grande como una casa, con letras tan grandes como perros, y las palabras galopaban y jugaban en el libro. Y luego la oscuridad se esparció sobre la página, y con la oscuridad vino de nuevo la música del mal, y Kino se agitó en su sueño; y cuando se agitó, los ojos de Juana se abrieron en medio de la noche. Y entonces Kino se despertó, con la música del mal pulsando en su interior, y se quedó acostado en la oscuridad con sus oídos alertas.

Entonces de una de las esquinas de la casa vino un

sonido tan suave que pudo haber sido no más que un
pensamiento, un pequeño movimiento furtivo, un to-
que de un pie en la tierra, el jadeo casi inaudible de una
respiración controlada. Kino contuvo el aliento para
escuchar, y él sabía que cualquier cosa oscura que estuviera en su casa también estaba conteniendo su respiración, para escuchar. Por momentos no se oyó ningún
ruido proveniente de ninguna de las esquinas de la casa.
En ese instante Kino pudo haber pensado que había
imaginado el ruido. Pero la mano de Juana se arrastró
hacia él para prevenirlo, ¡entonces el ruido se escuchó
de nuevo! El murmullo de un pie sobre la tierra seca y el
rasguño de unos dedos en el suelo.

Y entonces un temor salvaje surgió del pecho de
Kino, y con el miedo vino la rabia, como siempre había
sido. La mano de Kino se arrastró por su pecho donde
colgaba su cuchillo de un cordel, y entonces él saltó
como un gato embravecido, saltó atacando y escupiendo
porque la cosa oscura, él lo sabía, estaba en el rincón de
la casa. Sintió tela, la golpeó con su cuchillo y falló, y la
golpeó de nuevo y sintió que su cuchillo atravesaba la
tela, luego su cabeza chocó con una luz y explotó de
dolor. Hubo una suave escabullida por la puerta, pasos
corriendo y después silencio.

Kino pudo sentir la tibieza de la sangre que bañaba
su frente, y pudo escuchar a Juana que lo llamaba.

—¡Kino, Kino! —Y había terror en su voz.

En ese momento la templanza se apoderó de él tan
rápidamente como la rabia lo había hecho antes, y dijo:

—Estoy bien. Esa cosa se ha ido.

Regresó a tientas al petate. Mientras tanto, Juana estaba encendiendo el fuego. Descubrió un ascua de las
cenizas y esparció un poco de aserrín sobre ella y prendió
una pequeña llama con el aserrín, de manera que una luz
tenue comenzó a danzar en el interior de la choza. Y de
un lugar secreto Juana sacó una vela consagrada, la

prendió con ese fuego y la colocó sobre una piedra junto al fuego. Trabajó rápidamente, canturreando mientras se movía de un lugar a otro. Mojó una punta de su chal y limpió la sangre de la frente magullada de Kino.

—No es nada —dijo Kino, pero sus ojos y su voz estaban ásperos y fríos, y un odio meditabundo estaba creciendo en él.

Ahora la tensión que había estado hirviendo en Juana había alcanzado un colmo y sus labios estaban lívidos.

—Esta cosa es mala —dijo llorando con amargura—. ¡Esta perla es como un pecado! Va a destruirnos —y su voz se volvió chillona—. Tírala, Kino. Vamos a romperla entre las rocas. Vamos a enterrarla y a olvidar el lugar. Echémosla de nuevo al mar. Ha traído el mal. Kino, esposo mío, va a destruirnos —y a la luz del fuego sus labios y sus ojos se vigorizaron con el miedo.

Pero en la cara de Kino había decisión, y su mente y su voluntad estaban decididas.

—Esta es nuestra oportunidad —dijo—. Nuestro hijo debe ir a la escuela. Debe romper la olla que nos contiene.

—Nos va a destruir a todos —dijo Juana sollozando—. También a nuestro hijo.

—Detente —dijo Kino—. No hables más. En la mañana venderé la perla, y entonces el mal se irá, y sólo el bien permanecerá. Ahora calla, esposa mía. —Sus ojos oscuros escudriñaron el fuego incipiente, y por primera vez supo que su cuchillo seguía estando en sus manos, levantó la hoja, la miró y vio una pequeña línea de sangre en el acero. Por un momento pareció estar a punto de limpiar la hoja en sus pantalones, pero hundió el cuchillo en la tierra y así quedó limpio.

Los gallos distantes comenzaron a cantar y el aire cambió, el amanecer estaba llegando. El viento de la mañana rizaba el agua del estuario y susurraba a través de los mangles, y las pequeñas olas rompían en la playa pedregosa con un tempo cada vez más sostenido. Kino levantó el petate, excavó su perla, la puso enfrente de él y la contempló.

Y la belleza de la perla, centelleante y brillante a la luz de la pequeña vela, reconfortaba su cerebro con su belleza. Era tan adorable, tan suave y una música propia emanaba de ella —una música de promesa y gozo, una garantía de futuro, comodidad y seguridad—. Su tibia luminiscencia prometía un remedio contra la enfermedad y un muro contra la injuria. Le cerraba la puerta al hambre. Y conforme la contemplaba, los ojos de Kino se suavizaban y su cara se relajaba. Podía ver la pequeña imagen de la vela reflejada en la suave superficie de la perla, y escuchó de nuevo en sus oídos la adorable música de las corrientes submarinas, el tono difuso de la luz verde del fondo del mar. Juana, mirándolo en secreto, lo vio sonreír. Y porque de alguna manera ellos eran una misma cosa y un solo propósito, ella sonrió con él.

Y comenzaron ese día con esperanza.

4

Es maravillosa la forma en que una pequeña población mantiene un registro de sí misma y de todas sus unidades. Si cada hombre y mujer, niño y recién nacido actuara y se condujera de acuerdo con un patrón conocido y no rompiera murallas ni discrepara de nadie y no corriera ningún riesgo y no se enfermara ni pusiera en entredicho la calma y la paz de la costumbre o el flujo continuo e inalterable del pueblo, entonces esa unidad puede pasar inadvertida y sin que se conozca su existencia. Pero si un hombre da un paso fuera del pensamiento convencional o del patrón conocido y seguro, los nervios de la gente resuenan con nerviosismo y la comunicación viaja por las líneas nerviosas del pueblo. Entonces la unidad se comunica con el todo.

Así, en La Paz, a primera hora de la mañana ya se sabía en todo el pueblo que Kino iba a vender su perla ese día. Se sabía entre los vecinos de las chozas, entre los pescadores de perlas; se sabía entre los chinos dueños de las tiendas de abarrotes; se sabía en la iglesia, porque los monaguillos cuchicheaban acerca de eso. Palabras al respecto se arrastraban entre las monjas; los mendigos de enfrente de la iglesia hablaban de ello, porque ellos estarían ahí para reclamar el diezmo de los primeros frutos de la fortuna. Los muchachitos se informaban de ello con entusiasmo, pero sobre todo los compradores de perlas sabían del asunto, y cuando el día había llegado, en las oficinas de los compradores de perlas, cada hombre estaba sentado a solas con su charolita de terciopelo negro, y cada uno de ellos hacía girar las perlas con las yemas de sus dedos al mismo tiempo que ponderaba cuál sería su papel en este teatro.

Se suponía que los compradores de perlas eran individuos que actuaban solos, en competencia los unos con los otros por las perlas que los pescadores les llevaban. Y una vez fue así. Pero este era un método en desuso, porque la mayoría de las veces, debido al entusiasmo que provocaba la puja por una perla de valor, un precio muy grande se les había pagado a los pescadores. Esto estaba fuera de proporción y no podía tolerarse. Ahora sólo había un comprador de perlas con muchas manos, y los hombres que estaban sentados en las oficinas y esperaban a Kino sabían qué precio podían ofrecer, hasta dónde podían pujar y cuál sería el método que cada uno usaría. Y aunque estos hombres no obtendrían una remuneración que fuera más allá de su salario, había emoción entre los compradores, porque hay emoción en la víspera de una cacería, y si la función de uno de ellos era echar un precio por tierra, entonces este hombre debía encontrar gozo y satisfacción en el hecho de echarlo por tierra lo más que se pudiera. Porque cada hombre en el mundo desempeña su función al máximo de sus capacidades, y nadie hace menos de lo que realmente puede, sin importar lo que pueda pensar al respecto. Muy aparte de cualquier recompensa que pudieran tener, de cualquier palabra de encomio, de cualquier promoción, un comprador de perlas era un comprador de perlas, y el mejor y el más feliz de los compradores de perlas era el que compraba a los precios más bajos.

El sol era de un amarillo caliente esa mañana, recogía la humedad del estuario y del Golfo y la sostenía en mascadas reverberantes en el aire, de modo que el aire vibraba y la visión era ilusoria. Una visión colgaba en el aire al norte de la ciudad —la visión de una montaña que estaba a unas doscientas millas a la distancia, y las altas laderas de la montaña estaban cubiertas de pinos y un gran pico de piedra se elevaba sobre el cinturón del boscaje—.

Esa mañana las canoas estaban alineadas en la playa; los pescadores no habían ido a bucear en busca de perlas, porque habría demasiada acción, demasiadas cosas que ver cuando Kino fuera a vender su gran perla.

En las chozas cercanas a la playa los vecinos de Kino se demoraban con sus desayunos, y hablaban de lo que harían si se hubieran encontrado la perla. Y un hombre dijo que él se la daría como regalo al Santo Padre de Roma. Otro dijo que pagaría misas por las almas de su familia durante mil años. Otro pensó que tomaría el dinero y lo distribuiría entre los pobres de La Paz; y un cuarto pensó en todas las buenas cosas que uno podría hacer con el dinero de la perla, en todas las acciones de caridad, los beneficios, en todos los rescates que uno podría realizar si tuviera el dinero. Todos los vecinos tenían la esperanza de que la riqueza repentina no trastornara la cabeza de Kino, que no hiciera de él un hombre rico, que no echara sobre él los brazos malignos de la codicia, el odio y la frialdad. Porque Kino era un hombre querido; sería una pena si la perla lo destruyera. "Su buena esposa, Juana", dijeron, "el precioso bebé Coyotito y los demás por venir. Sería una pena si la perla los destruyera a todos".

Para Kino y Juana esta era la mañana de las mañanas de sus vidas, sólo comparable con el día en que el bebé había nacido. Este era el día a partir del cual todos los demás días encontrarían su acomodo. Así, ellos dirían: "Fue dos años antes de que vendiéramos la perla" o "Fue seis semanas después de que vendimos la perla". Juana, reflexionando sobre el tema, echó las campanas a vuelo y vistió a Coyotito con las ropas que le había preparado para su bautismo. Juana peinó su cabello, se hizo trenzas y ató las puntas con dos moñitos de listón rojo, y se puso su falda y su blusa de bodas. El sol había subido un cuarto cuando estuvieron listos. Las ropas blancas y harapientas de Kino por lo menos estaban limpias, y este era el último día en que las usaba. Porque mañana, o incluso esa misma tarde, él tendría ropas nuevas.

Los vecinos, atentos a la puerta de Kino a través de las fisuras de sus chozas, también estaban listos. No era un acto decidido en el momento el de unirse a Kino y a Juana para ir a la venta de la perla. Era algo esperado, un momento histórico, estarían locos si no lo hacían. Sería casi como un gesto de enemistad.

Juana se puso el chal en la cabeza, e hizo el doblez de un largo extremo bajo su codo derecho y lo juntó con su mano derecha, de suerte que una hamaca colgaba bajo su brazo, y en esta pequeña hamaca acomodó a Coyotito, apoyado contra el chal de modo que pudiera ver todo y quizá recordar. Kino se puso su gran sombrero de paja y lo sintió con la mano para cerciorarse de que estuviera bien puesto, ni muy atrás ni de lado, como un hombre temerario, soltero, irresponsable, y no tan calzado como un anciano lo llevaría, sino ligeramente inclinado hacia delante, para mostrar agresividad y seriedad y vigor al mismo tiempo. Hay mucho que colegir a partir de la inclinación del sombrero de un hombre. Kino deslizó sus pies dentro de sus sandalias y amarró los cordeles alrededor de sus tobillos. La gran perla estaba envuelta en un viejo y suave trozo de piel de venado, y este a su vez estaba guardado en una pequeña bolsa de cuero, y la bolsa de cuero estaba en un bolsillo de la camisa de Kino. Dobló su manta con cuidado y la sujetó a un estrecho tirante que colgaba de su hombro izquierdo, y entonces estuvieron listos.

Kino salió de la casa con dignidad, y Juana lo siguió, llevando a Coyotito. Y a medida que avanzaban rumbo al pueblo por el sendero recién bañado por el agua, los vecinos se les unieron. Las casas arrojaban gente; las puertas vomitaban niños. Pero debido a la seriedad de la ocasión, sólo un hombre caminaba junto a Kino, y este era su hermano, Juan Tomás.

Juan Tomás previno a su hermano:

—Debes tener cuidado de que no te engañen —dijo.

Y Kino asintió diciendo:

—Mucho cuidado.

—No sabemos qué precios se pagan en otros lugares —dijo Juan Tomás—. ¿Cómo podemos saber lo que es un precio justo, si no podemos saber lo que el comprador de perlas obtiene de la perla en otro lado?

—Eso es verdad —dijo Kino—, pero ¿cómo podemos saber? Estamos aquí, no estamos allá.

A medida que caminaban hacia la ciudad la multitud creció detrás de ellos, y Juan Tomás, hecho un manojo de nervios, siguió hablando.

—Antes de que nacieras, Kino —dijo—, los viejos pensaron en una forma de obtener dinero de sus perlas. Pensaron que sería lo mejor tener un agente que llevara todas las perlas a la capital y las vendiera allí y se quedara sólo con su parte de la ganancia.

Kino asintió con la cabeza.

—Lo sé —dijo—. Era una buena idea.

—Y consiguieron a ese hombre —dijo Juan Tomás—, y reunieron sus perlas y las pusieron a su disposición. Y nunca volvieron a saber de él y las perlas se perdieron. Entonces consiguieron a otro hombre, y se pusieron a su disposición, y nunca volvieron a saber de él de nueva cuenta. Y entonces se olvidaron del asunto y volvieron al viejo modo.

—Lo sé —dijo Kino—. He escuchado a nuestro padre contarlo. Era una buena idea, pero iba en contra de la religión, y el Padre lo dejó ver muy claro. La pérdida de la perla fue un castigo para aquellos que trataron de apartarse del camino. Y el Padre dejó ver claro que cada hombre y mujer es como un soldado enviado por Dios para salvaguardar una parte del castillo del Universo. Y algunos están en los baluartes y otros en la oscuridad profunda de las murallas. Pero cada uno debe permanecer fiel a su puesto y no debe huir, de otro modo el castillo se encontraría en peligro frente a los embates del infierno.

—Lo he escuchado decir ese sermón —dijo Juan Tomás—. Lo dice cada año.

Los hermanos, a medida que caminaban, miraban de reojo, como ellos y sus abuelos y sus tatarabuelos habían hecho durante cuatrocientos años, porque los extraños se acercaron primero con palabras, autoridad y pólvora para hacerlos retroceder. Y durante cuatrocientos años el pueblo de Kino había aprendido una única defensa: una mirada de soslayo y un casi imperceptible morderse los labios y un paso atrás. Nada podía derrumbar esa muralla, y ellos podían permanecer seguros dentro de ella.

La procesión era solemne, porque ellos sentían la importancia de ese día, y cualquier niño que mostrara la más mínima tendencia a forcejear, gritar, llorar, robar sombreros y revolver el cabello de los otros, era conminado por sus mayores a guardar el orden. Tan importante era ese día que un anciano fue a ver, montado sobre la fornida espalda de su sobrino. La procesión dejó atrás las chozas e ingresó en la ciudad de piedra y yeso, donde las calles eran un poco más anchas y había estrechas aceras al lado de los edificios. Y como había sucedido antes, los mendigos se les unieron cuando pasaron frente a la iglesia; los vendedores de abarrotes los veían pasar; las cantinas perdieron a sus parroquianos y los dueños de los comercios cerraron y se unieron a la procesión. Y el sol abatía las calles de la ciudad, cuando incluso las piedras más pequeñas arrojaban su sombra sobre el suelo.

Las noticias de la proximidad de la procesión corrieron por delante de ella, y en sus pequeñas oficinas oscuras los compradores de perlas se pusieron tiesos y creció su estado de alerta. Sacaron papeles para que pareciera que estaban trabajando cuando Kino hiciera acto de presencia, y guardaron sus perlas en los escritorios, porque no es bueno dejar que una perla inferior se vea al lado de una belleza. Ya palabras sobre la belleza de la perla de Kino habían llegado a sus oídos. Las oficinas de los compradores de perlas estaban todas juntas en una calle estrecha, y tenían barrotes en las ventanas, y tablillas de madera atajaban la luz de modo que sólo una suave resolana se filtraba en los cuartos.

Un hombre fornido y parsimonioso estaba sentado en una oficina, esperando. Su cara era paternal y bonachona, y sus ojos se arrugaban amistosamente. Siempre daba los buenos días y saludaba de mano, un hombre jovial que se sabía todos los chistes y que, no obstante, se encontraba todo el tiempo al borde de la tristeza, porque en mitad de una carcajada podía recordar la muerte de tu tía, y sus ojos podían humedecerse de lágrimas con el pesar provocado por tu pérdida. Esa mañana él había puesto una flor en el florero de su escritorio, un solo hibisco escarlata, y el florero se encontraba al lado de una charola de terciopelo negro, dispuesta para las perlas enfrente suyo. Estaba rasurado casi al ras de las raíces azules de su barba, y sus manos estaban limpias y sus uñas recortadas. Su puerta se abría a la mañana, y se aclaraba la garganta mientras que con su mano derecha practicaba juegos de prestidigitación. Le daba vueltas a una moneda atrás y adelante de sus nudillos y la hacía aparecer y desaparecer, la hacía girar y relucir. La moneda saltaba a la vista y con la misma rapidez desaparecía, y el hombre ni siquiera prestaba atención a lo que estaba haciendo. Los dedos lo hacían todo mecánicamente, con precisión, al mismo tiempo que el hombre se aclaraba la garganta y espiaba a través de la puerta. Entonces escuchó sonido de pasos de una multitud que se aproximaba, y los dedos de su mano derecha trabajaron cada vez más rápidamente hasta que, cuando la figura de Kino ocupó de lleno el marco de la puerta, la moneda emitió un último destello y desapareció.

—Buenos días, mi amigo —dijo el hombre—. ¿Qué puedo hacer por usted?

Kino aguzó la mirada en la penumbra de la pequeña oficina, porque sus ojos estaban deslumbrados por la luz del exterior. Pero los ojos del comprador de perlas se habían vuelto tan serenos, crueles y abiertos como los de un halcón, mientras que el resto de su cara daba la bienvenida con una sonrisa. Y secretamente, detrás del escritorio, su mano derecha practicaba con la moneda.

—Tengo una perla —dijo Kino. Y Juan Tomás se detuvo detrás de él y farfulló un poco para respaldar a su hermano. Los vecinos se asomaron a través del pasillo, y una hilera de muchachitos se subió a los barrotes de las ventanas para mirar a través. Varios muchachitos, sobre sus manos y rodillas, miraban la escena entre las piernas de Kino.

—Tienes una perla —dijo el vendedor—. A veces un hombre trae una docena. Bueno, veamos tu perla. La valuaremos y te daremos el mejor precio. —Y sus dedos trabajaban furiosamente con la moneda.

Kino ya conocía instintivamente sus propios mecanismos dramáticos. Lentamente sacó la bolsa de cuero, lentamente tomó de ella el suave y sucio trozo de piel de venado, y en seguida dejó que la perla rodara en la charola de terciopelo negro, y al instante sus ojos se posaron en la cara del comprador. Pero en ella no hubo cambio ni movimiento alguno, la cara no dejó de ser la misma; no obstante la mano oculta detrás del escritorio perdió en precisión. La moneda se atoró en un nudillo y cayó silenciosamente sobre el regazo del negociante. Y los dedos detrás del escritorio se crisparon en un puño. Cuando la mano derecha salió de su escondite, el dedo índice tocó la gran perla y la hizo rodar sobre el terciopelo negro; pulgar e índice la elevaron y la llevaron cerca de los ojos del negociante y la hicieron girar en el aire.

Kino contuvo la respiración, y los vecinos contuvieron la suya, y los murmullos volvieron a escucharse entre la multitud. "La está inspeccionando", "No se ha mencionado ningún precio todavía", "No han llegado a ningún acuerdo".

Ahora la mano del negociante había adquirido personalidad propia. La mano volvió a arrojar la gran perla a la charola, el dedo índice la señaló y la insultó, y en la cara del negociante se dibujó una sonrisa triste y despectiva.

—Lo siento, amigo mío —dijo, y sus hombros se alzaron un poco para indicar que la desgracia no era culpa suya.

—Es una perla de gran valor —dijo Kino.

Los dedos del negociante desdeñaron la perla, de modo que esta rodó delicadamente desde uno de los lados de la charola de terciopelo.

—¿Has oído hablar del oro de los tontos? —preguntó el negociante—. Esta perla es como el oro de los tontos. Es demasiado grande. ¿Quién la compraría? No hay mercado para cosas así. Es sólo una curiosidad. Lo lamento. Pensaste que era una cosa de valor y es sólo una curiosidad.

Ahora la cara de Kino mostraba perplejidad y preocupación.

—Es la Perla del Mundo —dijo alzando la voz—. Nadie ha visto jamás semejante perla.

—Al contrario —dijo el negociante—, es grande y tosca. Como curiosidad tiene interés; algún museo podría comprarla para ponerla en una colección de conchas marinas. Yo puedo darte, digamos, unos mil pesos.

La cara de Kino se tornó oscura y amenazadora.

—Vale cincuenta mil —dijo—. Usted lo sabe. Usted quiere engañarme.

Y el negociante escuchó como un pequeño refunfuño se diseminó entre la multitud en el momento en que escucharon su precio. Y el negociante sintió un ligero temblor de miedo.

—No me eches a mí la culpa —dijo inmediatamente—. Yo sólo soy un valuador. Pregunta a los demás. Ve a sus oficinas y muéstrales tu perla... o mejor, deja que ellos vengan aquí, para que puedas ver que no hay colusión. Muchacho —llamó. Y cuando su sirviente se asomó por la puerta trasera, añadió—: Muchacho, ve con fulano, mengano y zutano. Diles que vengan aquí y no les digas para qué. Sólo diles que me gustaría verlos —y su mano derecha fue detrás del escritorio y sacó otra moneda de su bolsillo, y la moneda rodó adelante y atrás por sus nudillos.

Los vecinos de Kino murmuraron entre sí. Tenían miedo de que algo por el estilo fuera a pasar. La perla era grande, pero tenía un color extraño. Habían tenido sospechas de ella desde el principio. Y después de todo, mil pesos no eran para tirarse a la basura. Era una riqueza considerable para un hombre que no era rico. Y supongan que Kino tomara los mil pesos. Apenas ayer no tenía nada.

Pero Kino había crecido en tensión y en dureza. Sintió el avance del destino, el acecho de los lobos, el vuelo circular de los buitres. Sintió que el mal se coagulaba en derredor suyo, y no tenía forma de protegerse. Escuchó en sus oídos la música maligna. Y sobre el terciopelo negro la perla relucía, de suerte que el negociante no podía apartar los ojos de ella.

La multitud en el pasillo se bamboleó y se rompió y

dejó pasar a los tres negociantes. La multitud estaba ahora en silencio, temiendo perderse una palabra, no distinguir un gesto o una expresión. Kino estaba en silencio y expectante. Sintió un pequeño tirón en su espalda; al volverse vio los ojos de Juana, y cuando apartó la vista sintió una fortaleza renovada.

Los compradores no se veían entre sí ni a la perla. El hombre detrás del escritorio dijo:

—He puesto un precio a esta perla. El dueño aquí presente no cree que sea justo. Les pido que la examinen y hagan una oferta. Fíjate —le dijo a Kino—, no he mencionado el precio que le he puesto.

El primer comprador, seco y correoso, pareció, ahora sí, fijarse en la perla. La levantó, la dio vueltas entre el pulgar y el índice, y luego la arrojó con desprecio a la charola.

—No me incluyan en la discusión —dijo con sequedad—. No haré ninguna oferta. No la quiero. Esto no es una perla: es una monstruosidad —sus labios delgados se rizaron.

Ahora el segundo comprador, un señor bajito con una voz tímida y suave, tomó la perla y la examinó con cuidado. Tomó un lente de su bolsillo y la inspeccionó bajo el aumento. Después se echó a reír muy quedo.

—Hay perlas mejores hechas de pasta —dijo—. Conozco estas cosas. Esta es suave y porosa, perderá su color y morirá en unos meses. Mire... —le ofreció el lente a Kino, le mostró cómo usarlo y Kino, que nunca había visto la superficie de una perla magnificada, estaba desconcertado frente al aspecto extraño de la superficie.

El tercer comprador tomó la perla de las manos de Kino.

—A uno de mis clientes le gustan estas cosas —dijo—. Le ofrezco quinientos pesos, y quizá pueda vendérsela a mi cliente por seiscientos.

Kino se acercó rápidamente y le quitó la perla de la

mano. La envolvió en la piel de venado y la arrojo en el interior de su camisa.

El hombre detrás del escritorio dijo:

—Soy un tonto, lo sé, pero mi primera oferta sigue en pie. Aún te ofrezco mil. ¿Qué haces? —preguntó en el instante en que Kino desaparecía la perla de la vista de los demás.

—Me están engañando —gritó con fiereza—. Mi perla no es para venderse aquí. Iré si es necesario a la capital.

Entonces los compradores comenzaron a verse unos a otros. Sabían que habían jugado muy rudo; sabían que se los reprendería por su fracaso, y el hombre en el escritorio dijo sin chistar:

—Te ofrezco hasta mil quinientos.

Pero Kino estaba abriéndose paso entre la multitud. El rumor de la conversación le llegaba apenas, su sangre enfurecida retumbaba en sus oídos; se hizo hueco entre la gente y se fue. Juana lo siguió, apurando el paso detrás de él.

Cuando llegó la noche, los vecinos en sus chozas se sentaron a comer sus tortillas y frijoles, y comentaron el gran tema de la mañana. Ellos no sabían, a ellos les parecía una buena perla, pero nunca antes habían visto una perla como esa, y sin duda los compradores sabían más acerca del valor de las perlas que ellos.

—Pero reparen en esto —dijeron—. Los compradores no discutieron estas cosas. Cada uno sabía que la perla no tenía valor.

—¿Pero supongan que lo habían arreglado de antemano?

—Si así fuera, entonces todos nosotros habríamos sido engañados a lo largo de toda nuestra vida.

Quizá, dijeron algunos, quizás hubiera sido mejor que Kino hubiera aceptado los mil quinientos pesos. Esa es una cantidad considerable de dinero, más de la que él jamás haya visto. Tal vez Kino está comportándose como un tonto. Supongan que de verdad va a la capital y no encuentra comprador para su perla. Nunca se sobrepondría a ese golpe.

Y ahora, dijeron otros, temerosos, ahora que los ha desafiado, esos compradores no querrán volver a tener tratos con él. Quizá Kino se ha cortado su propia cabeza y se ha destruido a sí mismo.

Pero otros dijeron: Kino es un hombre valiente y aguerrido; él está en lo correcto. De su valentía todos podríamos beneficiarnos. Éstos estaban orgullosos de Kino.

En su casa Kino estaba acuclillado sobre su petate de dormir, cavilando. Había sepultado su perla bajo una piedra del hogar de su casa, y contempló los tules bordados en su petate hasta que el diseño cruzado se puso a danzar en su cabeza. Había perdido un mundo y no había ganado otro. Y Kino tenía miedo. Nunca en su vida había estado lejos de casa. Tenía miedo de los extraños y de los lugares extraños. Estaba aterrado de ese monstruo de la extrañeza que llamaban la capital. La ciudad estaba asentada en el agua y allende las montañas, a miles de kilómetros, y cada terrible kilómetro extraño era aterrador. Pero Kino había perdido su viejo mundo y debía encaramarse a uno nuevo. Porque su sueño del futuro era real y nunca sería destruido, y él había dicho: "Iré", y eso contaba también por algo real. Estar determinado a ir y decirlo era prácticamente estar a la mitad del camino.

Juana no le quitó los ojos de encima mientras Kino escondía su perla, no se los quitó tampoco mientras ella limpiaba a Coyotito y le daba de comer, ni tampoco mientras hacía tortillas para la cena.

Juan Tomás vino y se acuclilló junto a Kino, y permaneció en silencio durante un buen rato, hasta que al fin Kino le preguntó:

—¿Qué más podría yo hacer? Son estafadores.

Juan Tomás asintió gravemente. Él era el mayor, y Kino lo requería en busca de consejo.

—Es duro saberlo —dijo—. Nosotros sabemos que se nos engaña desde que nacemos hasta que nos llevan en hombros dentro de nuestros ataúdes. Pero sobrevivimos. Has desafiado no a los compradores de perlas, sino a toda la estructura, a toda una forma de vida, y eso me hace temer por ti.

—¿A qué otra cosa le podría yo temer sino al hambre? —preguntó Kino.

Pero Juan Tomás movió su cabeza lentamente.

—A eso todos le debemos temer. Pero supón que estás en lo correcto... supón que tu perla es de gran valor..., ¿piensas entonces que el juego ha terminado?

—¿Qué quieres decir?

—No lo sé —dijo Juan Tomás—, pero temo por ti. Es un nuevo terreno el que estás pisando, no conoces el camino.

—Iré. Iré pronto —dijo Kino.

—Sí —consintió Juan Tomás—. Eso es lo que tienes que hacer. Pero me pregunto si será diferente en la capital. Aquí tienes amigos y me tienes a mí, tu hermano. Allá, no tienes a nadie.

—¿Qué puedo hacer? —gritó Kino—. Una rabia profunda está aquí. Mi hijo debe tener una oportunidad. Por eso están atacando. Mis amigos me protegerán.

—Sólo si no están en peligro o si no se sienten incómodos con ello —dijo Juan Tomás. Se levantó, diciendo—: Ve con Dios.

Y Kino añadió:

—Ve con Dios —y ni siquiera levantó la vista, porque en sus palabras había un extraño calosfrío.

Mucho después de que Juan Tomás se hubo ido Kino estaba sentado, cavilando en su petate. Una letargia se había apoderado de él, así como una gris desesperanza. Todos los caminos parecían estar bloqueados para él.

En su cabeza sólo escuchaba la música oscura del enemigo. Sus sentidos estaban ardiendo a fuego vivo, pero
su mente regresó a la profunda comunión con todas las
cosas, el don que le había conferido su pueblo. Prestó
atención al más insignificante sonido de la noche unifi-
cadora, la queja soñolienta de las aves en sus nidos, la
agonía amorosa de los gatos, el arribo y la retirada del
oleaje en la playa y el simple silbar de la distancia. Y
pudo distinguir el olor inequívoco de las algas expues-
tas que había dejado la marea. El pequeño resplandor
del fuego de las ramitas hacía que el dibujo de su petate
saltara frente a sus ojos extasiados.

Juana lo veía con preocupación, pero ella lo conocía
y sabía que podía ayudarlo de una mejor manera si
guardaba silencio y se quedaba cerca. Y como si ella
también pudiera escuchar la Canción del Mal, la com-
batía cantando muy suave la melodía de la familia, de la
seguridad y la calidez y la totalidad de la familia. Sostuvo a Coyotito en su brazos y le cantó la canción, para
mantener a raya el mal, y su voz se mostraba valiente en
contra de la amenaza de la música oscura.

Kino no se movió ni pidió su cena. Ella sabía que la
pediría cuando la quisiera. Sus ojos estaban extasiados, y
podía sentir la presencia del mal, cauteloso y expectante,
al acecho afuera de la choza; podía sentir cosas oscuras y
reptantes esperándolo para internarse en la noche. La
noche era sombría y terrible, y no obstante lo llamaba, lo
amenazaba y lo desafiaba. Su mano derecha fue a su camisa y sintió su cuchillo; sus ojos estaban muy abiertos;
se puso de pie y caminó a la puerta.

Juana quiso detenerlo; levantó su mano para detenerlo, y su boca se abrió con terror. Kino estuvo mirando
hacia afuera, en la oscuridad, durante mucho tiempo, y
después salió. Juana escuchó la levedad del apresura-
miento, el gruñido del combate, el golpe. Se heló de terror durante un momento y sus labios se despegaron de

sus dientes como los labios de un gato. Puso a Coyotito en el suelo. Agarró una piedra del hogar y corrió hacia fuera; pero ya todo había terminado. Kino estaba en el suelo, tratando de levantarse y no había nadie cerca de él. Sólo sombras y el tumbo de las olas y el silbido de la distancia. Pero el mal cundía en todo el derredor, escondido detrás de la cerca de arbustos, agazapado en la sombra a un lado de la casa, sobrevolando en el aire.

Juana tiró la piedra y puso los brazos alrededor de Kino para ayudarlo a ponerse de pie, y lo apoyó hasta llegar a la choza. La sangre manaba de su cuero cabelludo y tenía un corte profundo en la mejilla, desde la oreja hasta la barbilla, un tajo profundo y sangrante. Kino sólo estaba semiconsciente. Movió su cabeza de un lado a otro. Su camisa estaba desgarrada y sus ropas desfajadas. Juana lo sentó en el petate y limpió la sangre de su cara con su falda. Le llevó pulque para que lo bebiera en un pocillo, y Kino seguía moviendo la cabeza para despejar la oscuridad.

—¿Quién? —preguntó Juana.

—No lo sé —dijo Kino—. No vi.

Entonces Juana le llevó una ollita de barro con agua y lavó el corte en su cara, mientras él veía con arrobo más allá de sí.

—Kino, mi esposo —gritó, y los ojos de Kino la traspasaron—. Kino, ¿me escuchas?

—Te escuchó —dijo aturdido.

—Kino, esta perla es el mal. Destruyámosla antes de que nos destruya a nosotros. Rompámosla con dos piedras. Arrojémosla, arrojémosla de vuelta al mar a donde pertenece. Kino, ¡es el mal, es el mal!

Y a medida que hablaba, la luz regresaba a los ojos de Kino, de modo que estos reverberaban con fiereza y sus músculos y su voluntad se endurecían.

—No —dijo—. Pelearé con esta cosa. La venceré. Tendremos nuestra oportunidad. —Su puño golpeó en el petate—. Nadie nos quitará nuestra buena fortuna —dijo. Sus ojos se suavizaron entonces y posó una mano gentil en el hombro de Juana—. Créeme —dijo—. Yo soy un hombre —y su cara creció en astucia.

—En la mañana tomaremos nuestra canoa y atravesaremos el mar y las montañas rumbo a la capital, tú y yo. No seremos estafados. Yo soy un hombre.

—Kino —acotó Juana con sequedad—, tengo miedo. Un hombre puede ser asesinado. Tiremos la perla de vuelta al mar.

—Calla —dijo con fiereza—. Yo soy un hombre. Calla. —Y ella guardó silencio, porque en la voz de su esposo había una orden—. Durmamos un poco —dijo—. Al amanecer nos iremos. ¿No tendrás miedo de venir conmigo?

—No, mi esposo.

Ahora los ojos de Kino, posados en ella, eran suaves y tibios, su mano acarició su mejilla.

—Durmamos un poco —dijo.

5

La luna se alzó por última vez antes de que cantara el primer gallo. Kino abrió los ojos en la oscuridad, porque sentía movimiento cerca de él, pero no se movió. Solo sus ojos buscaron en lo oscuro, y en la pálida luz de la luna que se filtraba por las hendeduras de la choza vio a Juana levantarse silenciosamente de su lado. La vio moverse hacia el hogar. Trabajó tan delicadamente que sólo escuchó el sonido más leve cuando ella removió la piedra del fuego. Y entonces, como una sombra, ella se desplazó hacia la puerta. Se detuvo por un momento a un lado de la caja colgante donde Coyotito estaba acostado; luego, por un segundo, ella era una mancha oscura en la puerta y luego ya no estaba.

Y la rabia se apoderó de Kino. Se puso de pie de inmediato y la siguió en silencio por donde se había ido, y pudo escuchar sus ágiles pisadas yendo hacia la playa. La rastreó sin hacer ruido, y su cerebro estaba rojo de encono. Ella franqueó la línea de los matorrales y tropezó con las pedrezuelas en su camino al agua, entonces lo escuchó venir y se echó a correr. Su brazo estaba en lo alto y a punto de arrojar cuando Kino saltó hacia ella e interceptó su brazo y le arrebató la perla. La golpeó en la cara con el puño apretado y ella cayó entre las piedras, y él la pateó en uno de sus lados. En la luz pálida pudo ver las pequeñas olas romper sobre ella, y su falda flotó en derredor y se contuvo en sus piernas a medida que el agua retrocedía.

Kino la miró y sus dientes estaban casi pelados. Siseó como una serpiente y Juana lo miró con los ojos muy abiertos y sin miedo, como hace un borrego frente al carnicero. Ella sabía que había crimen en él, y estaba bien; ella lo había aceptado, y no opondría resistencia ni protestaría. Y entonces la rabia lo abandonó y un disgusto nauseabundo tomó su lugar. Se alejó de ella y caminó hacia la playa y a lo largo de la línea de los matorrales. Sus sentidos estaban aturdidos por la emoción.

Escuchó una embestida y se apresuró a sacar su cuchillo; lo blandió en contra de una figura oscura y sintió que su cuchillo alcanzaba su objetivo, y luego fue abatido hasta caer de rodillas, y luego fue abatido de nuevo hasta caer al suelo. Dedos codiciosos esculcaron sus ropas, figuras frenéticas lo esculcaban, y la perla, que había caído de su mano, parpadeaba detrás de una pequeña piedra en el sendero. Destellaba en la suave luz de la luna.

Juana se incorporó de las piedras, en el filo del agua. Su cara era un dolor mudo y su costado la escocía. Mantuvo el equilibrio sobre sus rodillas durante un momento y su falda mojada colgaba de ella. No estaba enojada con Kino. Él había dicho: "Yo soy un hombre", y eso quería decir ciertas cosas para Juana. Quería decir que él era mitad loco y mitad dios. Quería decir que Kino usaría su fuerza en contra de una montaña y que hundiría su fuerza contra el mar. Juana, con su instinto de mujer, sabía que la montaña resistiría mientras que el hombre se derrumbaría; que el mar surgiría mientras que el hombre se ahogaría en él. Y no obstante, era esto lo que hacía de él un hombre; ella no podía vivir sin un hombre. Aunque ella podía sentirse confusa respecto de esas diferencias entre hombre y mujer, ella las conocía, las aceptaba y las necesitaba. Desde luego que ella lo seguiría, eso estaba fuera de todo cuestionamiento. A veces las virtudes de una mujer, la sensatez, la cautela, el instinto de conservación, podían pasar por encima de la hombría de Kino y salvarlos a todos. Se irguió penosamente sobre las plantas de sus pies y mojó la concavidad de sus palmas en las pequeñas olas y lavó la herida de su cara con la picante agua salada, y en seguida se fue haciendo eses por la playa en busca de Kino.

Un cúmulo de nubes como arenques se había desplazado en el cielo proveniente del sur. La luna pálida entraba y salía de las franjas nubosas haciendo que Juana caminara en la oscuridad un momento y en la luz en el otro. Su espalda estaba doblada por el dolor y su cabeza agachada. Atravesó la franja de los matorrales cuando la luna estaba encubierta, y cuando vio de soslayo, sus ojos se encontraron con el resplandor de la gran perla detrás de una roca en el sendero. Se puso de hinojos y la recogió, y la luna volvió a cubrirse nuevamente detrás de las nubes. Juana se quedó de rodillas al mismo tiempo que contempló la posibilidad de regresar al mar y terminar lo que había empezado, y mientras lo pensaba, la luz regresó y vio a dos figuras oscuras que yacían en el sendero delante de ella. Dio un brinco al frente y vio que una de ellas era Kino y la otra un desconocido al que un líquido oscuro y brillante le manaba de la garganta.

Kino se movía con dificultad, sus brazos y sus piernas se retorcían como los de un escarabajo aplastado, y un denso murmullo salía de su boca. Ahora, en un instante, Juana supo que la vida de antaño se había ido para siempre. Un hombre muerto en el sendero y el cuchillo de Kino, con la hoja oscurecida a uno de sus costados, la convencieron de ello. Todo este tiempo Juana había estado tratando de rescatar algo de la vieja paz, del tiempo anterior a la perla. Pero ahora ese tiempo se había ido y no había manera de recuperarlo. A sabiendas de esto, abandonó el pasado de inmediato. No había nada que hacer sino salvarse a sí mismos.

Su dolor, su lentitud, habían desaparecido. Rápidamente arrastró al hombre fuera del camino hacia el resguardo de un arbusto. Fue hacia Kino y enjugó su rostro con su falda húmeda. Sus sentidos estaban despertando y se escuchó su queja.

—Tomaron la perla. La he perdido. Ya no hay nada que hacer —dijo—. La perla se ha ido.

Juana lo hizo callar como lo hubiera hecho con un niño enfermo.

—Calla —le dijo—. Aquí está tu perla. La encontré en el sendero. ¿Puedes oírme? Aquí está tu perla. ¿Me entiendes? Has matado a un hombre. Tenemos que irnos lejos. Ellos vendrán por nosotros, ¿puedes entenderme? Tenemos que irnos antes del amanecer.

—Me atacaron —dijo un Kino intranquilo—. Lo hice para salvar mi vida.

—¿Te acuerdas de lo que pasó ayer? —preguntó Juana—. ¿Piensas que eso se tomará en cuenta? ¿Te acuerdas de los hombres de la ciudad? ¿Crees que tu explicación ayudará?

Kino tomó un largo aliento y trató de ahuyentar su debilidad.

—No —dijo—. Tienes razón. —Y su voluntad se endureció y entonces fue de nuevo un hombre.

—Ve a la casa y trae a Coyotito —dijo—, y trae todo el maíz que tenemos. Empujaré al agua la canoa y nos iremos.

Tomó su cuchillo y la dejó. Fue a la playa dando tumbos y llegó hasta donde estaba su canoa. Y cuando la luz rompió de nuevo, vio que le habían hecho un enorme agujero en el fondo. Y una rabia enardecida se apoderó de él y le dio fuerzas. Ahora la oscuridad se estaba cerniendo sobre su familia; ahora la música del mal llenaba la noche, pendiendo sobre los mangles, retumbando en el golpeteo del oleaje. La canoa de su abuelo, recubierta de yeso una y otra vez, tenía un burdo boquete. Esto era una maldad que rebasaba cualquier razonamiento. El asesinato de un hombre no era tan malo como el asesinato de un bote. Porque un bote no tiene hijos, y un bote no puede defenderse, y un bote herido no se recupera. Había pesadumbre en la rabia de Kino, pero esto último lo había fortalecido frente a un posible derrumbe. Ahora era un animal, para esconderse, para atacar, y vivía sólo para salvaguardar su vida y la de su familia. No estaba consciente del dolor de su cabeza. Cruzó la playa de unas cuantas zancadas, cruzando la línea de los matorrales en dirección hacia su choza, y no le pasó por la mente tomar una de las canoas de sus vecinos. Era imposible que ese pensamiento cupiera en su cabeza, de la misma forma en que le resultaba inconcebible romper un bote.

Los gallos estaban cantando y el alba no estaba lejos. El humo de las primeras fogatas se filtraba a través de las paredes de las chozas, y el primer olor a las tortillas recién hechas estaba en el ambiente. Los pájaros madrugadores ya estaban retozando en los arbustos. La luna débil estaba perdiendo su luz y las nubes aumentaban su grosor y se espesaban rumbo al sur. El viento soplaba con frescura en el estuario, un viento nervioso e incansable con el olor de la tormenta en su soplo, y había cambio e intranquilidad en el aire.

Kino, apurando el paso en dirección a su casa, sintió un brote de vigor. Ya no estaba confundido, porque sólo había una cosa que hacer, y la mano de Kino fue primero a la gran perla que se encontraba en su camisa y luego al cuchillo que colgaba bajo su camisa.

Vio un pequeño resplandor delante de él, y en seguida, sin mediar intervalo alguno, una llama alta creció en la oscuridad con un rugido crepitante, y un alto edificio de fuego encendió el sendero. Kino echó a correr; era su choza, lo sabía. Y sabía que esas casas podían arder en unos cuantos momentos. Y a medida que corría una figura elusiva corría hacia él: Juana, con Coyotito en sus brazos y la manta de Kino aferrada en su mano. El bebé sollozaba de miedo, y los ojos de Juana estaban muy abiertos y aterrados. Kino pudo percatarse de que la casa estaba arruinada, y no le preguntó nada a Juana. Él sabía, pero ella dijo:

—Estaba destrozada y el tapete, incluso la caja del niño estaba revuelta, y cuando estaba yo viendo ellos le prendieron fuego a la parte de afuera.

La luz rabiosa de la casa en llamas encendió el rostro de Kino.

—¿Quién? —preguntó.

—No lo sé —dijo ella—. Los hombres oscuros.

Los vecinos estaban saliendo a trompicones de sus casas, y veían cómo salían las chispas y las aplacaban para evitar que sus propias casas se prendieran. De pronto Kino tuvo miedo. La luz lo hizo sentir miedo. Se acordó del hombre que yacía muerto en el arbusto a un lado del camino, y tomó a Juana del brazo y la llevó a la sombra de una casa lejos de la luz, porque la luz era peligrosa para él. Por un momento se quedó pensando y luego se apresuró entre las sombras hasta que llegó a la casa de Juan Tomás, su hermano, y se deslizó a través de la puerta llevando a Juana tras de sí. Afuera, pudo escuchar los alaridos de los niños y los gritos de los vecinos, porque sus vecinos pensaron que podrían estar adentro de la casa en llamas.

La casa de Juan Tomás era casi idéntica a la de Kino; casi todas las chozas eran iguales, y todas dejaban filtrarse luz y aire, de modo que Juana y Kino, sentados en una esquina de la casa del hermano, podían ver las llamas crepitantes a través de la pared. Vieron las llamas

altas y furiosas, vieron caer el techo y apagarse el fuego
tan pronto como se apaga el fuego de una ramita. Oyeron los gritos de advertencia de sus amigos, y el grito
aguzado, chillante de Apolonia, la esposa de Juan Tomás. Ella, siendo el pariente más cercano, prorrumpió en
un lamento formal por la muerte de la familia.

Apolonia se dio cuenta de que llevaba su segundo
mejor chal en la cabeza y se apresuró a entrar en su casa
para ponerse el mejor y más nuevo que tenía. Mientras
buscaba en una caja junto a la pared, la voz de Kino le
dijo suavemente:

—Apolonia, no vayas a gritar. No estamos lastimados.

—¿Cómo llegaron aquí? —preguntó con firmeza.

—No preguntes —dijo Kino—. Ve por Juan Tomás y
tráelo aquí y no le digas a nadie más. Esto es importante
para nosotros, Apolonia.

Ella hizo una pausa, sin saber qué hacer con sus manos enfrente de ella, y luego dijo:

—Sí, hermano mío.

En apenas unos momentos Juan Tomás regresó con
ella. Encendió una vela y se acercó a donde ellos estaban agazapados en una esquina y dijo:

—Apolonia, ve a la puerta y no dejes que nadie entre.
—Juan Tomás era el mayor, y se arrogaba la autoridad—.
Ahora, hermano mío —dijo.

—Fui atacado en la oscuridad —dijo Kino—. Y en la
lucha maté a un hombre.

—¿A quién? —preguntó de inmediato Juan Tomás.

—No lo sé. Todo es oscuridad... oscuridad y formas
oscuras.

—Es por la perla —dijo Juan Tomás—. Hay un demonio en esta perla. Debiste haberla vendido y con ella
haberle cedido a otro el demonio. Tal vez aún puedas
venderla y comprar paz para ti.

Y Kino dijo:

—Oh, hermano mío, me han hecho una afrenta que

es más profunda que mi vida. Porque mi canoa está rota en la playa, mi casa se quemó y en el matorral yace un hombre muerto. Todas las salidas están cortadas. Debes escondernos, hermano mío.

Y Kino, aguzando la mirada, vio una profunda preocupación en los ojos de su hermano y se anticipó a ver en él un posible rechazo.

—No por mucho tiempo —se apresuró a decir—. Sólo hasta que haya pasado un día y venga otra vez la noche. Entonces nos iremos.

—Te esconderé —añadió Juan Tomás.

—No quiero ponerte en riesgo —dijo Kino—. Sé que soy como un leproso. Me iré esta noche y entonces tú estarás a salvo.

—Te protegeré —dijo Juan Tomás y llamó—: Apolonia, cierra la puerta. Ni siquiera digas en susurros que Kino está aquí.

Se sentaron en silencio todo el día en la oscuridad de la casa, y podían escuchar a los vecinos que hablaban de ellos. A través de las paredes de la casa podían ver a los vecinos hurgar entre las cenizas para encontrar los huesos. Agazapados en la casa de Juan Tomás, escucharon el desconcierto entrar en las mentes de sus vecinos cuando les llegaron las noticias del bote roto. Juan Tomás salió para hacerse presente entre los vecinos y desviar sus sospechas, y les dio teorías e ideas sobre lo que pudo haberles pasado a Kino, a Juana y al bebé. A uno le dijo: "Creo que se fueron al sur a lo largo de la costa para escapar del mal que pesaba sobre ellos". Y a otro: "Kino nunca dejaría el mar. Tal vez encontró otro bote". Y añadió: "Apolonia está enferma de pena".

Y ese día el viento se levantó para azotar el Golfo y dispersó las algas y las yerbas alineadas en la playa, y el viento gritó a su paso por las chozas y ningún bote estaba a salvo en el agua. Entonces Juan Tomás dijo entre los vecinos: "Kino se ha ido. Si se fue por mar, ahora ya está ahogado". Y después de cada vuelta con los vecinos, Juan Tomás regresaba con algo prestado. Trajo una pequeña bolsa de paja con frijoles rojos y un guaje lleno de arroz. Tomó prestada una copa de chiles secos y un bloque de sal, y trajo consigo un cuchillo largo de trabajo, dieciocho pulgadas de largo y pesado como un hacha pequeña, una herramienta y un arma. Y cuando Kino vio este cuchillo sus ojos brillaron, y acarició la hoja y probó su filo.

El viento gritó sobre el Golfo y volvió las aguas blancas, y los mangles se hundieron como ganado asustado, y un fino polvo arenoso se levantó de la tierra y se suspendió formando una nube sofocante sobre el mar. El viento alejó las nubes y despejó el cielo y barrió la arena del pueblo como si fuera nieve.

Entonces Juan Tomás, cuando la noche se aproximaba, habló largamente con su hermano.

—¿A dónde irás?

—Al norte —dijo Kino—. He oído que hay ciudades en el norte.

—Evita la playa —dijo Juan Tomás—. Están organizando un grupo para buscar en la playa. Los hombres de la ciudad te buscarán. ¿Aún tienes la perla?

—La tengo —dijo Kino—. Y la guardaré. Pudo ser en un principio un regalo, pero ahora es mi desgracia y mi vida y la guardaré—. Sus ojos eran duros, crueles y amargos.

Coyotito lloriqueó y Juana susurró pequeños conjuros para hacerlo callar.

—El viento es bueno —dijo Juan Tomás—. No habrá rastros.

Se marcharon en silencio en la oscuridad antes de que la luna subiera. La familia se puso de pie en casa de Juan Tomás en esta ocasión solemne. Juana llevaba a Coyotito a su espalda, cubierto y sostenido por su chal, y el bebé dormía, con la mejilla vuelta de lado, contra el hombro de Juana. El chal cubría al bebé, y uno de sus extremos cubría la nariz de Juana para protegerla del malévolo aire nocturno. Juan Tomás abrazó a su hermano por partida doble y lo besó en ambas mejillas.

—Ve con Dios —dijo, y esto era como una sentencia fúnebre—. ¿No dejarás la perla?

—Esta perla se ha vuelto mi alma —dijo Kino—. Si la dejo, perderé mi alma. Tú también ve con Dios.

6

El viento soplaba con furia, y los golpeaba con palitos, arenillas y pedrezuelas. Juana y Kino se ciñeron las ropas, se cubrieron las narices y salieron al mundo. El cielo estaba despejado por el viento y las estrellas estaban frías en el fondo negro. Los dos caminaron cuidando sus pasos, y evitaron el centro del pueblo, donde alguien que estuviera dormido bajo una puerta pudiera verlos pasar. Porque el pueblo se había cerrado sobre sí mismo para protegerse de la noche, y cualquiera que se moviera en la oscuridad sería notorio. Kino hizo su camino rodeando el borde de la ciudad y giró en el norte, orientado por las estrellas, y encontró el camino marcado por la arena que conducía por un matorral hacia Loreto, donde la Virgen milagrosa tenía su altar.

Kino podía sentir la arena proyectada por el viento en sus tobillos y estaba contento, porque sabía que no habría rastros. La escasa luz de las estrellas iluminaba el caminito a través de los matorrales. Y Kino podía oír el sonido sordo de los pies de Juana detrás de los suyos. Avanzaba con rapidez y en silencio, y Juana trotaba detrás para no perder el paso.

Cierta cosa antigua bullía en Kino. A través de su miedo a lo oscuro y a los demonios que acechan en la noche le llegó una oleada de alegría; cierta cosa animal fluía por sus venas, así que era cauto, precavido y peligroso; cierta cosa antigua que venía del pasado de su pueblo y estaba viva en él. El viento soplaba a sus espaldas y las estrellas eran su guía. El viento vociferaba y barría el breñal, y la familia seguía adelante sin variar su paso, una hora tras otra. No se encontraron con nadie ni vieron a nadie. Finalmente, a su derecha, la luna menguante apareció en lo alto, y cuando esto sucedió el viento dejó de soplar y la tierra se quedó quieta.

Ahora podían ver el caminito delante de ellos, claramente zanjado por el rastro de las ruedas de las carretas sobre la arena transportada por el viento. Sin viento habría huellas, pero se encontraban a una buena distancia del pueblo y quizá su rastro no fuera percibido. Kino caminaba siguiendo con cuidado la estela de una rueda, y Juana iba detrás de él. Una carreta grande, que fuera al pueblo en la mañana, podía borrar cualquier indicio de su tránsito.

Caminaron durante toda la noche y siempre a un mismo ritmo. Coyotito despertó una vez, y Juana lo pasó al frente de ella y lo calmó hasta que el bebé volvió a dormirse. Y los demonios de la noche los rondaban. Los coyotes aullaban y reían en los breñales, y los búhos chillaban y ululaban sobre sus cabezas. Y una vez un animal grande acechó a la distancia, haciendo crujir la maleza bajo sus patas. Pero Kino agarró el mango de su cuchillo largo y se sintió protegido.

La música de la perla se escuchaba triunfante en la cabeza de Kino, y la quieta melodía de la familia subyacía a la primera, y ellos se abandonaron al sonido sordo y suave de sus sandalias en el polvo. Caminaron toda la noche, y con los primeros rayos del alba, Kino buscó un lugar bien encubierto donde poder descansar durante el día. Lo encontró cerca del camino, un clarito que pudo haber servido de reposo a los venados, oculto tras el espesor de los arbolitos secos que formaban una franja a lo largo de la carretera. Y cuando Juana se hubo sentado y acomodado para dar de comer a Coyotito, Kino regresó al lugar de su desviación. Rompió una rama y

barrió cuidadosamente las huellas en el punto de su des-
vío de la carretera. Y entonces, con la primera luz, escuchó el crujido de un vagón, y se agazapó a un lado del
camino y vio pasar una pesada carreta de dos ruedas,
tirada por bueyes desgarbados. Cuando se hubo perdido de vista, regresó a la carretera y miró el rastro de
la rueda y encontró que las huellas se habían desvanecido. Y una vez más barrió los rastros y regresó con
Juana.

Ella le dio los bollos de maíz que Apolonia había em-
pacado para ellos, y luego de un rato se durmió un
poco. Pero Kino se sentó en el suelo y escudriñó la tierra
delante de él. Contempló el movimiento de unas hormigas, una pequeña columna cerca de su pie, e interpuso
el pie en su camino. Entonces la columna escaló su em-
peine y siguió su marcha, y Kino dejó ahí su pie y las vio
moverse por encima de él.

El sol salió con fuerza. Ya no estaban cerca del Golfo,
y el aire era seco y caliente, así que el matorral se retorcía con el calor y un fuerte olor resinoso se desprendía
de él. Y cuando Juana se despertó, cuando el sol estaba
en lo alto, Kino le dijo lo que había visto.

—Ten cuidado con ese árbol de allá —dijo seña-
lando—. No lo toques, porque si lo haces y luego tocas
tus ojos, te quedarás ciega. Y ten cuidado con ese árbol
que sangra. Ve, aquel de allá. Porque si lo rompes, la
sangre roja manará de él, y eso es de mala suerte.

Y ella asintió con la cabeza y le sonrió un poco, porque
ella ya sabía estas cosas.

—¿Nos seguirán? — preguntó—. ¿Crees que tratarán
de encontrarnos?

—Lo harán —dijo Kino—. Quienquiera que nos
encuentre tomará la perla. Oh, sí que lo harán.

Y Juana dijo:

—Tal vez los negociantes tenían razón y la perla no
tiene valor. Tal vez todo esto ha sido una quimera.

Kino buscó entre su ropa y sacó la perla. Dejó que el sol jugará sobre ella hasta que ardió en sus ojos.

—No —dijo—, no hubieran tratado de robarla si no hubiera tenido valor.

—¿Sabes quién te atacó? ¿Fueron los compradores?

—No lo sé —dijo—. No los vi.

Buscó en su perla para adivinar el futuro.

—Cuando por fin la vendamos, tendré un rifle —dijo y quiso ver en ella la superficie reluciente de su rifle, pero sólo encontró el cuerpo oscuro de un encapuchado tirado en el suelo, con sangre diamantina goteando de su garganta. Y dijo en seguida—: Nos casaremos en una iglesia grande —y en la perla vio a Juana con la cara tundida arrastrándose a casa en medio de la noche—. Nuestro hijo debe aprender a leer —dijo con desesperación. Y en la perla estaba la cara de Coyotito, hinchada y afiebrada por el medicamento.

Kino devolvió enseguida la perla a su escondite en medio de sus ropas, y la música de la perla se había vuelto siniestra en sus oídos, entretejida con la música del mal.

El sol candente se abatía sobre la tierra, de modo que Kino y Juana se guarecieron bajo la sombra ociosa de un matorral, y unos pajaritos grises retozaban en el suelo bajo la sombra. Con el calor del día Kino se relajó y cubrió sus ojos con su sombrero y envolvió su manta alrededor de su cara para no ser molestado por las moscas, y durmió.

Pero Juana no durmió. Se sentó tan quieta como una piedra y su cara estaba imperturbable. Su boca estaba aún hinchada por el golpe que Kino le había propinado, y grandes moscas zumbaban alrededor del tajo que se le hizo en la barbilla. Pero ella estaba sentada tan quieta como un centinela, y cuando Coyotito despertó, lo colocó en el suelo en frente de ella y lo miró agitar sus brazos y patear con sus pies, y el niño sonrió y farfulló hasta que ella también le devolvió la sonrisa. Juana levantó del suelo una ramita y le hizo cosquillas con ella, y le dio agua del guaje que había llevado en su itacate.

Kino se agitaba en un sueño y gritó con una voz gutural, y su mano se movió en una lucha simbólica. Y gimoteó y se sentó de repente, con los ojos y las narinas muy abiertos. Escuchó y percibió no más que el calor tortuoso y el silbido de la distancia.

—¿Qué es eso? —preguntó Juana.

—Calla —respondió.

—Estabas soñando.

—Tal vez —pero no había descansado, y cuando Juana le dio una tortilla de su guardado, él dejó de masticar un momento para escuchar. Kino estaba intranquilo y nervioso; miró detrás de su hombro; levantó su enorme cuchillo y sintió su filo. Cuando Coyotito farfulló en el suelo, Kino dijo:

—Qué no haga ruido.

—¿Qué pasa? —preguntó Juana.

—No lo sé.

Escuchó de nuevo, y había una luz animal en sus ojos. Y se irguió, silenciosamente; se agachó hasta casi el suelo y se dirigió por el matorral hacia la carretera. Pero no se metió en el camino; se arrastró hasta guarecerse en un espino y aguzó la mirada para escudriñar por donde había venido.

Y entonces los vio moverse en esa dirección. Su cuerpo se endureció y agachó su cabeza y espió bajo una rama caída. A la distancia pudo ver tres figuras, dos a pie y una a caballo. Pero él sabía de quiénes se trataba, y un calosfrío le recorrió la espina. Incluso a la distancia pudo ver a los dos de a pie moverse con sigilo, agachados sobre el suelo. Uno de ellos hacía un pausa y miraba la tierra, mientras que el otro lo seguía. Eran rastreadores, podían seguir el rastro de un carnero en las montañas de piedra. Eran tan sensibles como sabuesos. Él y Juana podían haberse salido del camino, pero esta gente de tierra adentro, estos cazadores, podían seguir, podían leer una paja rota o un montoncito de arena deshecho. Detrás de ellos, a caballo, había un hombre oscuro, la nariz embozada en una manta, y atravesado en su montura, un rifle reverberaba con el sol.

Kino estaba tirado en el suelo, tan tieso como la rama de un árbol. Apenas respiraba y sus ojos estaban puestos en el lugar donde había barrido el rastro. Incluso esto podía ser un mensaje para los rastreadores. Él conocía a estos cazadores de tierra adentro. En un lugar donde había poco que hacer, ellos se las ingeniaban para sobrevivir gracias a su habilidad para la caza, y ellos lo estaban cazando. Escudriñaban el suelo como animales y encontraban una señal y se agachaban sobre ella mientras el jinete esperaba.

Los rastreadores gimotearon un poco, como perros excitados sobre un rastro tibio. Kino sacó lentamente su cuchillo largo y se dispuso a atacar. Sabía lo que tenía que hacer. Si los rastreadores encontraban el lugar desvanecido, él debía saltar sobre el jinete, matarlo rápidamente y tomar el rifle. Esa era su única oportunidad en el mundo. Y conforme los tres se acercaban al camino, Kino cavó pequeños pozos con sus huaraches para poderse apoyar y saltar sin ponerlos sobre aviso, haciendo que sus pies no resbalaran. Tenía apenas un ángulo de escasa visión a través de la rama caída.

Juana, de regreso en su escondite, oyó el ruido de los cascos del caballo, y Coyotito farfulló. En ese momento lo cargó, lo puso en su chal y le dio el pecho, para que el bebé guardara silencio.

Cuando los rastreadores se acercaron, Kino pudo ver sólo sus piernas y sólo las patas del caballo a través de la rama caída. Vio los oscuros pies puntiagudos de los hombres y sus harapos blancos, y escuchó el crujir de la piel de la montura y el rechinar de las espuelas. Los rastreadores se detuvieron donde Kino había barrido las huellas y estudiaron el lugar, y el jinete hizo alto. El caballo sacudió su cabeza contra el freno y el bocado chocó con su lengua y el animal estornudó. Entonces los rastreadores oscuros se volvieron y estudiaron al caballo y miraron sus orejas.

Kino estaba aguantando la respiración, pero tenía la espalda un poco arqueada y los músculos de sus brazos y piernas estaban botados por la tensión nerviosa, y una línea de sudor se había formado en la parte alta de sus labios. Durante un buen rato los rastreadores estuvieron agachados sobre el camino, y luego se movieron despacio, estudiando el terreno que tenían enfrente, y el jinete se movió detrás de ellos. Los rastreadores escudriñaron alrededor, deteniéndose, mirando y apurando el paso. Regresarían, Kino no tenía ninguna duda de esto. Darían vueltas y buscarían, aguzando la mirada, deteniéndose, y regresarían tarde o temprano para descubrir su rastro.

Kino se deslizó hacia atrás y no se molestó en cubrir los indicios de su presencia. No podía, había demasiadas señales, demasiadas ramitas rotas, tierra removida y piedras volteadas. Y había desesperación en Kino, la desesperación de la huida. Los rastreadores encontrarían sus huellas, él lo daba por sentado. No había escape, a menos que huyeran. Kino se apartó del camino y fue rápidamente a donde se encontraba Juana. Ella lo miró inquisitiva.

—Rastreadores —dijo—. ¡Ven!

Y entonces una sensación de desamparo y desesperanza le pasó por encima, y su cara se tornó sombría y sus ojos tristes.

—Quizá debería dejar que me atraparan.

De inmediato Juana se incorporó y puso su mano en su brazo.

—Tienes la perla —gritó, riñéndolo—. ¿Crees que te llevarán con vida para luego decir que te la robaron?

Sus manos se movieron inconscientemente al lugar bajo su ropa donde la perla estaba oculta.

—La encontrarán —dijo, dándose por vencido.

—Vamos —dijo ella—. ¡Vamos!

Y como no respondió, añadió:

—¿Crees que me dejarán vivir? ¿Crees que dejarán al bebé con vida?

El aguijón de Juana se clavó en el cerebro de Kino; sus labios se fruncieron y sus ojos recuperaron su fiereza.

—Ven —dijo él—. Iremos a las montañas. Tal vez podamos perderlos ahí.

Ansiosamente, recogió los guajes y las bolsitas que constituían su única propiedad. Kino llevó un bulto en su mano izquierda, pero el cuchillo se balanceaba libremente en su mano derecha. Hizo a un lado el matorral para que pudiera pasar Juana y apuraron el paso rumbo al oeste, hacia las altas montañas de piedra. Trotaron velozmente a través de la maleza. Esta era una huida desesperada. Kino no trató de ocultar su rastro a medida que trotaba —pateaba piedras y chocaba con las hojas delatoras de los arbolitos—. El sol en lo alto manaba sobre la tierra seca y crujiente, e incluso la vegetación tronaba a manera de protesta. Pero adelante estaban las desnudas montañas de granito, levantándose sobre la grava erosionada, monolitos recortados contra el cielo. Y Kino corrió en busca de un lugar alto, como hacen casi todos los animales cuando son perseguidos.

Esta tierra no tenía agua, estaba forrada de cactáceas con capacidad para almacenarla y con matorrales de grandes raíces que podían hundirse a mucha profundidad en busca de algo de humedad, con escaso resultado. Y bajo los pies no había tierra sino rocas rotas, partidas en cubitos o en grandes rebanadas, pero ninguna alrededor de agua. Algunos tramos de yerba seca y triste crecían entre las piedras, yerba que había brotado con una sola lluvia y que había asomado, arrojado su semilla y muerto. Sapos con cuernos miraban pasar a la familia, y giraban sus cabezas de dragones en miniatura. Y aquí y allá una liebre, espantada, se alejaba saltando para ocultarse detrás de la roca más próxima. El calor tendía su música sobre esta tierra desértica, y a la distancia las montañas de piedra se erguían como testigos impasibles y hospitalarios.

Kino huía. De no hacerlo así, sabía lo que pasaría. Poco más adelante en el camino, los rastreadores se darían cuenta de que habían perdido el rastro, y entonces regresarían, buscando y juzgando, y no tardarían más que unos momentos en descubrir el lugar donde Kino y Juana habían descansado. Desde ahí sería fácil para ellos —esas piedritas, las hojas caídas y las ramas chicoteadas, la tierra revuelta donde los pies habían resbalado—. Kino pudo verlos en su mente, saliéndose del camino, bufando con ansiedad, y detrás de ellos, oscuro y aparentemente desinteresado, aquel jinete con su rifle. Su trabajo vendría al final, porque no los llevaría de regreso. Oh, la música del mal sonaba a todo volumen en la cabeza de Kino, sonaba con el resuello del calor y con el seco cascabeleo de las serpientes. No era entonces aplastante y sobrecogedora, sino secreta y venenosa, y el latido acelerado de su corazón le servía de ritmo y trasfondo.

El camino comenzó a ascender, y conforme lo hacía, las rocas se volvían más grandes. Pero ahora Kino había puesto cierta distancia entre su familia y los rastreadores. Ahora, en el primer ascenso, tomó un descanso. Subió a una piedra grande y miró hacia el campo reverberante que había quedado atrás, pero no pudo ver a sus enemigos, ni siquiera al alto jinete que cabalgaba entre los breñales. Juana se había puesto en cuclillas bajo la sombra de la roca. Levantó la cantimplora para acercarla los labios de Coyotito; su lengua pequeña y seca la chupó con avaricia. Alzó la vista al ver regresar a Kino; lo vio examinar sus tobillos, cortados y rasguñados por las piedras y los matorrales, y los cubrió rápidamente con su falda. Luego le pasó la cantimplora, pero él la rechazó meneando la cabeza. Sus ojos brillaban en su cara cansada. Kino humedeció sus labios agrietados con su lengua.

—Juana —dijo—, seguiré adelante y tú te esconderás. Los guiaré a las montañas, y cuando hayan mordido el anzuelo, tú te irás al norte hacia Loreto o a Santa Rosalía. Luego, si puedo escapar de ellos, me reuniré contigo. Es la única manera segura.

Ella lo miró a los ojos por un momento.

—No —dijo—. Iremos contigo.

—Puedo ir más rápido solo —dijo con rudeza—. Pondrás al pequeño en mayor peligro si vienes conmigo.

—No —dijo Juana.

—Tienes que hacerlo. Es lo mejor y es lo que quiero —dijo.

—No —dijo Juana.

Entonces miró buscando una señal de debilidad en su rostro, debido al miedo o a la inseguridad, pero no había ninguna. Sus ojos estaban muy brillantes. Kino se encogió de hombros, pero ahora se sentía más fuerte gracias a ella. Cuando reanudaron su marcha, ya no era la suya una huida desesperada.

El campo, conforme subía en dirección a las montañas, cambió de un momento a otro. Ahora había enormes salientes de granito con profundas hendeduras entre una y otra, y Kino, cuando podía, caminaba por rocas desnudas donde era imposible dejar huellas, y saltaba de un filón a otro. Él sabía que cada vez que los rastreadores perdieran su estela, debían dar vueltas en redondo y perder tiempo antes de encontrarla de nuevo. Así que ya no se dirigía en línea recta hacia las montañas; se movía haciendo zigzags, y a veces cortaba su camino hacia el

sur y dejaba una señal, y luego se dirigía nuevamente
hacia las montañas sobre la piedra desnuda. Y el camino
se hacía más escabroso, y comenzó a resollar a medida
que avanzaba.

El sol se puso entre los dientes de piedra de las montañas, y Kino dirigió sus pasos hacia una oscura y sombría
saliente en la cordillera. De haber algo de agua, sería pre-
cisamente allí, donde, aun a pesar de la distancia, podía
verse un indicio de follaje. Y si había un pasaje a través de
la pulida cordillera de piedra, sería en esa misma saliente.
Tenía su riesgo, porque los rastreadores también pensa-
rían en ella, pero la cantimplora vacía descartaba por
completo esa consideración. Y a medida que el sol se po-
nía, Kino y Juana se esforzaban, pese al cansancio, en
subir por esa ladera hacia la saliente.

En lo alto de las grises montañas de piedra, bajo un
pico inaccesible, un manantial burbujeaba en la rotura
de una piedra. Lo alimentaba la nieve que se había con-
servado a la sombra en el verano, y ahora y entonces
moría por completo en las rocas desnudas, y había algas
secas en su fondo. Pero casi siempre el agua salía a bor-
botones, fría, limpia y adorable. En los tiempos en los
que caían lluvias repentinas, esta ebullición se convertía
en una riada, y su columna de agua blanca rompía contra la saliente de la montaña, pero casi siempre era un
hontanar minúsculo. Burbujeaba hasta formar una poza
y luego caía unos trescientos metros a otra poza, y esta
última, rebasada, goteaba una vez más, de manera que
continuaba, más y más abajo, hasta caer sobre la grava
de la altiplanicie, y allí desaparecía por completo. De
cualquier modo, no quedaba mucho de ella para entonces, porque cada vez que el agua se precipitaba por un
acantilado el aire sediento la bebía, y caía desde las pozas hasta la vegetación seca. Los animales de kilómetros a la redonda venían a beber de las pequeñas pozas,
y los corderos salvajes y los venados, los pumas, los

mapaches y los ratones, todos iban a beber. Y los pájaros que pasaban el día entre los breñales venían en la
noche a las pequeñas pozas, que eran como escalones en
la saliente de la montaña. A un lado de esta pequeña
corriente, dado que había tierra suficiente para almace-
nar agua en las raíces, crecían colonias de plantas, vides
silvestres y pequeñas palmas, helechos, hibiscos y altas
hierbas de la pampa, con bastoncitos emplumados sobre hojas en forma de espigas. Y en la poza vivían ranas
y patinadores de agua, y lombrices de agua se arrastraban
en el fondo. Todo lo que amara la tierra iba a estos con-
tados lugares poco profundos. Los gatos capturaban
allí sus presas, y esparcían plumas y enjuagaban sus en-
sangrentadas dentaduras. Las pequeñas pozas eran lugares de vida debido al agua, y lugares de muerte debido
también al agua.

El escalón más bajo, donde se acumulaba la corriente
antes de caer a unos tres mil metros y desaparecer en el
desierto de grava, era una pequeña plataforma de piedra
y arena. Sólo un lápiz de agua caía en la poza, pero era
suficiente para mantener la poza llena y los helechos ver-
des en la parte baja de la pendiente, y vides silvestres
trepaban por la montaña de piedra y toda clase de plan-
titas encontraban acomodo ahí. Las riadas habían
creado una playa diminuta, a cuyo través la poza fluía, y
mastuerzos de un verde brillante crecían en la arena mojada. La playa estaba cortada, cicatrizada y apisonada
por las patas de los animales que venían a beber y cazar.

El sol ya había rebasado la faz de las montañas de
piedra cuando Kino y Juana aún se esforzaban por tre-
par a la cima de la escabrosa ladera y llegar por fin
hasta donde estaba el agua. Desde este punto podían
dominar el desierto abatido por el sol hasta el Golfo
azul, a la distancia. Llegaron exhaustos a la poza; Juana
se desplomó sobre sus rodillas y lo primero que hizo fue
lavar la cara de Coyotito, luego llenó su cantimplora y

le dio un trago. El bebé estaba cansado y de malas, y lloró muy quedo hasta que Juana le dio el pecho, y entonces comenzó a farfullar y chasquear la lengua contra ella. Kino bebió largamente y con avidez en la poza. Por un momento, se estiró a un lado del agua y relajó todos sus músculos y vio a Juana alimentar al bebé, en seguida se puso de pie y se fue a la orilla del descanso donde el agua se derramaba, y oteó a la distancia. Sus ojos se posaron en un punto y el cuerpo de Kino de inmediato se endureció. Al pie de la ladera pudo ver a los dos buscadores; eran más pequeños que dos puntitos o escurridizas hormigas; y detrás de las dos hormigas, una hormiga más grande.

Juana se había dado la vuelta para mirarlo y vio que la espalda de Kino se tensaba.

—¿Qué tan lejos? —preguntó sin aspavientos.

—Estarán aquí al anochecer —dijo Kino. Levantó la vista para medir el largo y empinado tobogán de la saliente desde donde el agua se precipitaba hacia abajo—. Debemos ir al oeste —dijo, y sus ojos buscaron en el hombro de piedra detrás de la saliente. Unos novecientos metros hacia arriba, en el hombro gris, Kino avizoró una serie de pequeñas cuevas erosionadas en la piedra. Se quitó las sandalias y trepó hasta llegar a ellas, apoyándose en la piedra desnuda con los dedos, y se asomó al interior poco profundo. Sólo tenían unos cuantos centímetros de profundidad, cazos ahuecados por el viento, pero se inclinaban ligeramente hacia abajo y hacia atrás. Kino se arrastró en la más grande y se recostó; entonces supo que no podría ser visto desde afuera. Rápidamente regresó a donde estaba Juana.

—Debes subir allá arriba. Tal vez allí no nos encuentren —dijo.

Sin hacer ninguna pregunta, llenó su cantimplora hasta el borde, y Kino la ayudó a subir a la cueva y llevó los paquetes de comida y se los dio. Juana se sentó en la entrada

de la cueva y lo miró. Vio que no trató de borrar sus rastros en la arena. En cambio, trepó por el matorral del fa-
rallón que se encontraba cerca del agua, arañando y
rompiendo los helechos y las vides que encontraba a su
paso. Cuando hubo escalado unos treinta metros hasta el
siguiente descanso, bajó de nuevo. Miró cuidadosamente
al hombro de piedra pulida en dirección a la cueva, para
cerciorarse de que no hubiera rastro de su paso, y al final
trepó y se arrastró en la cueva junto a Juana.

—Cuando suban —dijo—, nos escurriremos a las
partes bajas de nuevo. Sólo me da miedo que llore el
bebé. Debes impedir que lo haga.

—No va a llorar —dijo, y alzó la cara del bebé a la
altura de la suya y lo miró en los ojos, y el bebé le devolvió la mirada en silencio.

—Él sabe —dijo Juana.

Ahora Kino yacía a la entrada de la cueva, con la
barbilla sobre sus brazos cruzados, y miró la sombra
azul de la montaña moverse a través de los matorrales
del desierto hasta llegar al Golfo, y la alargada sombra
del crepúsculo cubría la tierra.

Los buscadores tardaban en llegar, como si tuvieran
problemas con el rastro que Kino había dejado. La luz
del día agonizaba cuando llegaron por fin a la pequeña
poza. Y los tres iban a pie, porque un caballo no podía
subir la última y empinada ladera. Desde arriba se veían
como pequeñas figuras en el anochecer. Los dos rastreadores peinaban la playa, y, antes de que se pararan a
beber, advirtieron el avance de Kino por el risco. El
hombre del rifle se sentó y descansó, y los buscadores se
acuclillaron cerca de él; y en la oscuridad de la noche,
los puntitos de sus cigarros se prendían y apagaban. Entonces Kino pudo ver que estaban comiendo, y el suave
murmullo de sus voces llegó hasta sus oídos.

La oscuridad cayó, profunda y negra en la saliente de

la montaña. Los animales que usaban la poza se acercaron, y olieron a los hombres que había allí, y regresaron de nuevo a la oscuridad.

Kino escuchó un murmullo detrás de él. Juana estaba susurrando: "Coyotito". Le estaba rogando que estuviera callado. Kino escuchó el lloriqueo del bebé, y supo por los sonidos asordinados que Juana le había cubierto la cabeza con su chal.

Abajo en la playa un cerillo reverberó, y en esa luz momentánea Kino vio que dos de los hombres estaban durmiendo, hechos bolita como perros, mientras que el tercero vigilaba, y vio el destello del rifle en la luz del cerillo. En seguida esta luz se apagó, pero dejó una impronta en los ojos de Kino. Podía verlo, cómo era cada hombre, con precisión, dos dormidos y hechos bolita y el tercero en cuclillas, en la arena, con el rifle entre las rodillas.

Kino regresó silenciosamente a la parte trasera de la cueva. Los ojos de Juana eran dos chispas que reflejaban una estrella baja. Kino gateó silenciosamente cerca de ella y puso sus labios cerca de su mejilla.

—Hay una forma —dijo.

—Pero te matarán.

—Si alcanzo primero al que tiene el rifle —dijo Kino—, debo llegar a él primero, entonces estaré bien. Dos están dormidos.

La mano de Juana se deslizó debajo del chal y asió el brazo de Kino.

—Verán tu ropa blanca a la luz de las estrellas.

—No —respondió—. Debo ir antes de que salga la luna.

Buscó una palabra dulce y de inmediato se dio por vencido.

—Si me matan —dijo—, quédate quieta. Y cuando se vayan, ve a Loreto.

La mano de Juana tembló un poco, mientras sostenía la muñeca de Kino.

—No hay opción —dijo—. Es la única manera. Nos encontrarán en la mañana.

La voz de Juana temblaba un poco.

—Ve con Dios —dijo.

Kino la examinó de cerca y pudo ver sus ojos grandes. Su mano se soltó y encontró al bebé, y por un momento su palma descansó en la cabeza de Coyotito. Y entonces Kino levantó su mano y tocó la mejilla de Juana, y ella contuvo la respiración.

Contra el cielo, en la entrada de la cueva, Juana pudo ver que Kino estaba quitándose la ropa blanca, porque por sucia y harapienta que estuviera lo delataría habiendo como fondo la oscuridad de la noche. Su piel morena era mejor camuflaje. Y entonces ella vio cómo enredó la cuerda del amuleto que colgaba de su cuello al mango de cuerno de su cuchillo largo, de modo que éste colgaba delante de él y le dejaba ambas manos libres. No volvió con ella. Por un momento su cuerpo era negro en la entrada de la cueva, agazapado y en silencio, y luego ya no estaba.

Juana fue a la entrada y miró afuera. Escudriñó como una lechuza desde el agujero de la montaña, y el bebé dormía bajo el chal, a su espalda, su cara vuelta de lado contra su cuello y su hombro. Ella pudo sentir la tibieza de su aliento contra su piel, y le susurró su combinación de plegaria y hechizo, sus avemarías y su antiguo conjuro en contra de las negras e inhumanas cosas.

La noche parecía un poco menos oscura cuando miró afuera: hacia el este había un resplandor en el cielo, debajo y cerca de la línea horizontal por donde la luna emergería. Y, mirando hacia abajo, pudo ver el cigarro del vigía.

Kino descendió por el hombro de roca pulida como

un lagarto lento. Había dado vuelta al cordel de su amuleto de modo que el cuchillo largo colgaba por su espalda y no chocaba con la piedra. Sus dedos extendidos se aferraban a la montaña, y los dedos descalzos de sus pies encontraban apoyo gracias al contacto, e incluso su pecho rozaba la roca para que su cuerpo no resbalara. Porque el sonido más insignificante, un canto rodado o un suspiro, un pequeño resbalón de la carne en la roca despertaría a los hombres de abajo. Cualquier sonido que no fuera consustancial a la noche los pondría en alerta. Pero la noche no era silenciosa; las ranas de árbol que vivían cerca de la corriente piaban como pájaros, y el agudo chirriar metálico de las cigarras llenaba la saliente de la montaña. Y la propia música de Kino estaba en su cabeza, la música del enemigo, queda y pulsante, casi adormecida. Pero la Canción de la Familia se había vuelto tan feroz, precisa y felina como el gruñido de un puma. La canción de la familia también estaba viva en ese momento, y lo conducía hacia el enemigo oscuro. La áspera cigarra parecía entonar su melodía, y las ranas cantarinas acentuar algunas de sus frases.

Y Kino se arrastraba como una sombra por la cara pulida de la montaña. Un pie descalzo se movía unos cuantos centímetros y los dedos tocaban la piedra y la asían, y el otro pie unos cuantos centímetros, y luego la palma de una mano un poco hacia abajo, y luego la otra mano, hasta que todo el cuerpo, sin aparente movimiento, se había desplazado. La boca de Kino estaba abierta, de modo que incluso su respiración no se escuchara, porque él sabía que no era invisible. Si el vigía, sintiendo movimiento, fijara su vista en el lugar oscuro donde estaba la piedra que era su cuerpo, podría verlo. Kino debía moverse con tal lentitud que no llamara la atención del vigilante. Le tomó un buen rato llegar al fondo y agazaparse detrás de una palmera enana. Su corazón tronaba en su pecho y sus manos y cara estaban empapadas en sudor. Se agachó e hizo pausadas y abundantes respiraciones para calmarse.

Sólo unos seis metros lo separaban del enemigo, y trató de recordar cómo era el terreno que mediaba entre ellos. ¿Había alguna piedra que pudiera hacerlo trastabillar en su carrera? Masajeó sus piernas para evitar un calambre y encontró que sus músculos estaban temblando por tanta tensión. Luego miró con zozobra al oeste. La luna saldría en cualquier momento, y tenía que atacar antes de que esto sucediera. Podía ver la silueta del vigilante, pero los durmientes se encontraban debajo de su ángulo de visión. Era el vigilante al que Kino debía encontrar —debía hacerlo rápido y sin pensarlo—. Silenciosamente dio vuelta al cordel del amuleto sobre su hombro y desató el nudo del mango de cuerno de su cuchillo largo.

Había tardado demasiado, porque al mismo tiempo que se levantaba para atacar, el filo plateado de la luna se asomaba por el oriente, y Kino se hundió de inmediato en su escondite tras el arbusto.

Era una luna vieja y harapienta, pero arrojaba una luz y una sombra franca sobre la saliente de la montaña, y ahora Kino podía ver la figura sentada del vigía en la pequeña playa, a un lado de la poza. El vigía veía solamente a la luna, mientras prendía un cigarro seguido de otro, y el cerillo iluminó su cara oscura por un momento. No podía continuar la espera; cuando el vigía volviera su cabeza, Kino debía saltar. Sus piernas estaban tan tensas como resortes.

Y en ese momento, desde lo alto, se escuchó un grito amordazado. El vigía giró su cabeza para escuchar y enseguida se puso de pie, y uno de los durmientes se agitó en el suelo, se levantó y preguntó en voz baja:

—¿Qué es eso?